静夜思

叶建华 ——

著

知识产权出版社
全国百佳图书出版单位

图书在版编目（CIP）数据

静夜思 / 叶建华著. — 北京：知识产权出版社,2017.3
ISBN 978-7-5130-4763-0

Ⅰ.①静… Ⅱ.①叶… Ⅲ.①散文集－中国－当代Ⅳ.①I267

中国版本图书馆 CIP 数据核字（2017）第 030227 号

责任编辑：田　姝　　　　　责任出版：刘译文

静夜思
JINGYESI
叶建华　著

出版发行：知识产权出版社 有限责任公司		网　　址：http://www.ipph.cn	
		http://www.laichushu.com	
电　　话：010-82004826			
社　　址：北京市海淀区西外太平庄55号		邮　　编：100088	
责编电话：010-82000860转8598		责编邮箱：tianshu@cnipr.com	
发行电话：010-82000860转8101 / 8029		发行传真：010-82000893 / 82003279	
印　　刷：三河市国英印务有限公司		经　　销：各大网上书店、新华书店及相关专业书店	
开　　本：880mm×1230mm　1/32		印　　张：10.25	
版　　次：2017年3月第1版		印　　次：2017年3月第1次印刷	
字　　数：200千字		定　　价：32.00元	

ISBN 978-7-5130-4763-0

自序

这本书的名字叫《静夜思》，与2016年在知识产权出版社出版的《醍醐茶》相呼应。本书的百篇文章大都成稿于夜深人静之时。按照中国古人的阴阳理论，白天属阳，夜晚属阴，白天主动，夜晚主静，一阴一阳之谓道。劳累了一天之后，夜晚时分，沏上一壶茶，打开一本喜爱的书，一边品茶，一边阅读，当是人生的一大乐事。诗仙李白有一首以《静夜思》为题的诗："床前明月光，疑是地上霜。举头望明月，低头思故乡。"这首诗可谓脍炙人口、流芳诗坛、美了千年，给人们带来无穷的静夜诗情与思情。

本书安排了"谈古论今""吹波助澜""见贤思齐""品味人生""山水情缘""访美见闻"和"天伦之乐"7个板块。引导读者穿越时空、对话古人、涉足海外、亲近山水、品味人生、享受天伦之乐。

明静的夜晚，是诗人抒发诗情的时刻，是作家伏案笔耕的时刻，是人们静思总结的时刻，也是万物生长的时刻。希望有缘人能够在美好的夜晚分享建华的心血之作,并由此引发静思。古人云:静而后能安,安而后能虑,虑而后能得。期待读者朋友开卷受益、滋养心灵。

叶建华

目录

谈古论今

习近平总书记主政以来，我国内政外交都取得了举世瞩目的成就，这些成就的取得，来源于他对我国的道路自信、理论自信、制度自信和文化自信，而文化自信是其他三个自信的基础。习近平总书记有着深厚的传统文化修养，并且运用自如、画龙点睛，令人折服，值得学习。建华作为中国传统文化的爱好者，一直努力弘扬中国传统文化，将中国传统文化由象牙宝塔引向十字街头。

大邦下流

——谈古论今之一

让我们穿越时空,将时间定格在2014年3月28日的德国柏林。这一天,中国国家主席习近平应德国科尔伯基金会邀请,在柏林发表了重要演讲。习主席以自信、真诚、平和、亲切、友好的语气向欧洲朋友回顾中国历史、介绍中国文化、传播中国理念、讲述中国故事、描绘中国梦想。习主席将中国哲学、中国思想、中国诗歌、中国俗语信手拈来,顺理成章,画龙点睛。习主席在演讲中讲到:"中国先哲老子讲'大邦者下流',就是说,大国要像居于江河下游那样,拥有容纳天下百川的胸怀。"在场的德国朋友频频点头并报以热烈掌声,他们被中国先哲的智慧所折服。习主席在欧洲的系列演讲,刮起了一股强劲的"中国旋风",并传遍了全球。

"大邦者下流",这句箴言出自《道德经》第六十一章。我国古时邦、国互称,邦、国相当于现在的省,天下即现在的国。老子说:"大邦者下流,天下之交,天下之牝,牝常以静胜牡,以静为下,故大邦以下小邦,则取小邦,小邦以下大邦,则取大邦。"意思是说:大邦要像居于江河下游那样,使天下百川河流交汇在那里,处在天下雌柔的位置。雌柔常以安静守定而胜过雄强，是因为它居于柔下的缘故。大邦对小邦谦让包容，就可以取得小邦的信任和支持；小邦对大邦谦让尊重，就可以得到大邦的理解与支持。老子在世间万物中最崇敬的是水，因为水具有处下、利物、随形、变通、包容、勇猛、宁静的品性，故有"上善若水"之论，他希望人类向水学习。老子说："江海之所以能为百谷王者，以其善下之，故能为百谷王。是以圣人欲上民，必以言下之。"意思是说：江海之所以能够成为百川河流所汇往的地方，是因为它善于处在低下的地方，所以能够成为百川之王。圣人要领导人民，必须谦下自己、尊重人民。

"大邦者下流"这句箴言带给人们有益的启迪，无论修身、齐家，还是经营企业乃至治国都需要谦和处下、宽容大度、利而不害。古今中外无数案例对"大邦者下流"的哲理做出了诠释。

我国古代，成汤因谦和以七十里之地王天下，周文王因仁爱以百里之壤而臣诸侯。事实证明，取得天下不在于初始资源多寡，而在于得到人心。相反，春秋末年，强大的晋国因其傲慢好战，被盟国反戈一击，最后被韩、赵、魏三家瓜分。秦始皇灭六国一统天下，本以为强大无比，可享受万世天下。但秦始皇被巨大的胜利膨胀了心智，冲昏了头脑，穷奢极欲，严刑峻法，不顾人民死活，强征几十万民工修建阿房宫，最终陈胜、吴广揭竿而起，振臂一挥，起义洪流浩浩荡荡、所向披靡，使秦朝万世基业二世而亡。

"大邦者下流"的理念不仅对历史发展、国家兴衰做出了生动诠释，而且对现代企业成败做出充分明证。

海尔产品能够称雄世界白色家电市场,在于张瑞敏"顾客就是上帝,有缺陷的产品就是不合格产品"的理念,他抡起铁锤当众砸毁缺陷冰箱,从而砸出了消费者的信任,也砸实了海尔人走向世界的道路,成就了海尔的事业。蓝星不冻液产品能够30余年独领市场风骚,在于任建新"产品如人品"的质量观,他们在20多年前就实行了召回制度,对因产品质量给消费者造成的损失给予积极理赔,使蓝星不冻液品牌起死回生,赢得消费者的信赖。

　　在当今市场,一些跨国大牌企业却存在国别歧视、慢待顾客,当自己的产品出现质量问题时,百般开脱、敷衍塞责,最终的后果是得罪顾客、失去市场。

　　2013年中央电视台"3·15"晚会曝光了苹果公司在中国售后政策涉嫌歧视。晚会曝光了美国苹果手机在中国市场实施与国外不同的售后政策,在中国宣称的"以换代修""整机交换"并没有真正更换整机,而是继续沿用旧手机后盖,以逃避中国手机"三包"规定。2014年中央电视台"3·15"晚会曝光了日本尼康D600相机拍照出现黑斑点后,厂家拒绝承认是自己的产品缺陷,而是将责任推给雾霾,使众多客户反复维修,问题却得不到有效解决。苹果手机、尼康相机都曾经是受全球顾客青睐的产品,却因他们的傲慢无理和敷衍塞责正在中国和其他市场减少份额。哲学规律告诉我们,任何事物都是由量变到质变的,强弱与大小都是相互转化的。一个企业如果文化、理念出现了问题,犹如航行在大海上的航船失去了航标,最终难免触礁搁浅。

无为而治

——谈古论今之二

　　让我们一起穿越2000多年的时空,到汉朝第二任丞相曹参家里去看看热闹。只见曹丞相脸色铁青,破口大骂,操起板子将在朝中担任中大夫的儿子曹窋一连打了二百大板,打得曹窋皮开肉绽,跪地求饶。

　　曹丞相为何要发这么大的火呢? 这还得慢慢道来。曹参本是跟随刘邦起义打天下的武将,攻城拔寨、出生入死、功勋卓著。曹参担任丞相后,一天到晚请人喝酒聊天,好像不太用心治国理政。新继皇位的惠帝深感纳闷,以为是曹丞相嫌他太年轻,看不起他。有一天,惠帝找来曹窋说:"你回家问问你老爸,就说,'现在皇上年轻,没有治理朝政的经验,您身为丞相,却不用心辅佐,怎么能把国家治理好呢?'看你老爸怎样解释。"曹窋就因领受皇命问话而挨了打。曹窋挨打后向惠帝大诉委屈,惠帝听后更感莫明其妙。

　　第二天下朝后,惠帝让曹参留下,质问他为什么打曹窋。曹参说:"请陛下好好地想想,您跟先帝相比,谁更贤明呢?"惠帝说:"我怎么敢和先帝相提并论呢?"曹参又问:"陛下看我治国理政跟萧何丞相比,谁强呢?"惠帝笑着说:"我看你好像不如萧相国。"

曹参接过惠帝的话说:"既然您的贤能不如先帝,我的能力又比不上萧丞相,那么先帝与萧丞相已经制定了明确而又完备的法令,我们遵照先帝遗愿,谨慎从事,恪守职责,遵照执行就可以了。"惠帝听了曹参的解释后恍然大悟,说:"我明白了,你不必再说了!"

曹参任相三年,极力主张无为而治,休养生息而不扰民,使西汉政治稳定、经济发展、民富国强,史称"萧规曹随"。"萧规曹随"即是对"无为而治"智慧的充分诠释。

"无为而治"是《道德经》的要旨。老子所处的时代天下大乱,诸侯混战,统治者强作妄为、贪得无厌、肆意放纵,违背自然和社会规律,妄为之祸非常严重。老子极力呼吁统治者实行"无为而治",让老百姓休养生息,不要过多地干扰百姓的正常生活。"无为"是老子的重要思想和关键词,在《道德经》中,"无为"的概念多次反复出现,从不同角度阐述了"无为"的意义和效应。这里的"为"是指"人为""妄为","无为"是不做违反自然规律和社会规律的事,不肆意妄为。"无为"并不是消极被动,什么也不干。而是要认识客观规律,遵循客观规律,利用客观规律,坚持科学管理,促进人与自我、人与自然、人与社会和谐发展。

道家"无为而治"理念已成为我们今天治国理政、经营企业的文化和精神资源,发挥着重要作用。

李锦记第四代掌门人李惠森将老子的思想运用于企业管理

之中，在无形领导、亲密领导、威严领导、憎恨领导四种领导模式中选择了无形领导，探索出了总教练定位、充分授权、营造员工发挥潜力的机制，老子的无为效应使李锦记收到了"有为"的巨大效果。李锦记先后荣获"中国最佳雇主"和"亚洲最佳雇主"称号。

曾几何时，一个项目需要盖几十个甚至上百个公章，历时几年才能审批完成。其中多数审批、公章，带给民众的是关卡，带给企业的是低效。

李克强总理在2012年履新记者招待会上向全国人民承诺，本届政府要进一步简政放权，减少行政审批。2013年，国务院分批取消和下放了416项行政审批，2014年进一步加大减少行政审批力度。

减少行政审批的实质就是减少妄为，消除体制障碍，践行科学发展观。道家的"无为而治"思想不仅光耀历史，惠及当代，而且将照亮未来。

上善若水

——谈古论今之三

　　道家鼻祖老子在世间万物中最崇尚的是水。老子在5000字的《道德经》中多处讲到水，提出了"上善若水"的理念。老子所说的"上善"即"最善""至善"之意，他认为在世界万物中，水具有最善良的品质。

　　老子在《道德经》第八章中对水作了深入论述："上善若水，水利万物而不争。处众人之所恶，几近道矣。居善地、心善渊、与善仁、言善信、政善治、事善能、动善时。夫唯不争，故无尤。"大家是否注意到，水具有许多优良品质。

　　处下。水往低处流，哪里潮湿哪里就有水的存在。甘于处下而与世无争。启示人们：要有自知之明，要谦虚谨慎，大智若愚、大巧若拙、大辩若讷。

　　利物。没有水，这个世界就没有生命和生气。人体内70%以上是水分。水服务于世界万物，因此万物离不开水。启示人们：人生的意义在于奉献，不在于索取。在职场也是如此，有为才有位。

随形。形方则方,形圆则圆。常温为水;高温为汽;零下为冰。启示人们:先要适应环境,然后改造环境。先保证生存,然后图谋发展。

坚定。东流之志,始终不渝。启示人们:要立下人生之志,并且坚定不移、水滴石穿、有志事成。

变通。不变东海之志,但遇到崇山峻岭绕道而行。启示人们:不要固执己见、刚愎自用,遇事灵活机动、圆融处世。

威猛。老子曰:"天下莫柔弱于水,而攻坚强者莫之能先。"水能够排山倒海、摧枯拉朽,海啸之威全球震撼。启示人们:每个人都要有自信心,一旦潜能开发、力量积蓄,就会威力无比。

自净。污泥浊水可以自净而洁。启示人们:要善于总结经验、汲取教训、知错必改、改过自新。

善良是一种品德,这种品德在很大程度上决定着事业成败、企业兴衰。

燕国原本是一个弱小国家,燕昭王上善若水,从谏如流,谦虚处下,听取郭隗建议并拜其为师,为其建造房屋,给予优厚待遇,尊敬有加。因此,燕国美名广播,各国人才蜂拥而至。乐毅从魏国赶来,邹衍从齐国赶来,剧辛从赵国赶来。在这些文臣武将的辅佐下,燕国政治清明、国富兵强。在乐毅将军指挥下,联合秦、楚、三晋打败齐国。从此诸侯各国对燕国刮目相看。

皇叔刘备在讨伐董卓的联盟中人少势弱,东奔西突,几无立足之地。刘备面临困境,求贤若渴,三顾茅庐,请出诸葛亮相助,确定联吴抗魏发展战略,陆续吸引了马超、黄忠、庞统等超凡人才,使蜀军在军阀混战中三分天下有其一,并在蜀中建国称帝。

政治家需要上善若水的品德，企业家也需要上善若水的品德。这种品德有助于抵御风险、成就事业。

晋商乔致庸在追求货通天下、汇通天下事业过程中，多次触犯权贵，身陷危局。因为乔致庸平日宽容大度，仁爱待人，孙茂才、高瑞、马荀、潘为严等下属对他不离不弃，尽心辅佐。当乔致庸身陷囹圄、命系一线时，这些下属倾力营救，使乔致庸多次转危为安。

江苏黑松林粘合剂厂有限公司董事长刘鹏凯视员工如同家人，营造了心力所至、众心成城的文化氛围。该公司在经济持续低迷的背景下逆势上行，快速发展。全国企业文化和化工企业管理现场会先后在该公司召开，黑松林的管理理论、管理文化与管理实践得到了国内外专家学者的高度关注，被誉为中国民营企业的盆景与奇葩。

上善若水，源远流长。古今中外，大力弘扬。

和光同尘

——谈古论今之四

让我们通过时间隧道,穿越到20多年前的20世纪90年代,那时苏联解体,东欧剧变,国际形势错综复杂。

面对异常复杂的局面,邓小平同志睿智地提出了"冷静观察、稳住阵脚、沉着应付、韬光养晦、善于守拙、决不当头、有所作为"等对外关系指导方针。中国人民正是在这一方针的引领下,聚精会神搞建设,一心一意谋发展,把自己的事情办好。中国才有了今天这种实力和地位,成为推动世界发展,维护世界和平的重要力量。

邓小平的"韬光养晦"方针,与道家理论"和光同尘"异曲同工。《道德经》第四章讲到"挫其锐,解其纷,和其光,同其尘"。意思是:锉掉锋芒,消除纠纷,收敛光耀,相随尘俗。

"和光同尘"思想,是道家的大智慧,教育人们要懂得收敛和谦虚。告诉人们过分张扬、处处炫耀不会有好结果。

古今许多案例对"和光同尘"智慧做出了诠释。

吴越两国长期结怨,越王勾践在没有做好充分准备的情况下，不听范蠡等谋臣劝谏发兵伐吴，结果大败，被吴军围困。范蠡献出和光同尘、卑辞厚礼之策，经过吴太宰嚭斡旋，夫差提出以勾践到吴国为奴的条件留存勾践性命。勾践在吴国为奴三年，受尽屈辱折磨甚至尝夫差粪便，从而获得吴王释放。勾践回国后卧薪尝胆、励精图治，内修德政、外布道义，十年教训、十年生聚，终灭吴国，报仇雪恨。

唐朝名将郭子仪受唐明皇、唐肃宗、唐代宗之命先后率军平定安禄山、史思明、梁崇义之乱，有再造大唐之功，却遭奸臣嫉妒陷害，多次遭贬。郭子仪毫无怨言，做到"用之则行，舍之则藏"，拆除深宫后墙，消除他疑，以其博大胸怀和大智慧征服众多奸臣小人，免遭迫害。郭子仪得以善始善终，实属罕见，值得后世学习称赞。

在我国晋朝时期有两位暴发户因炫富毁掉了自己和家族。一个是高官石崇，他搜刮民脂民膏，劫掠客商财富，及至富甲天下。他自称除天子之家外，天下第一富户。另一个是外戚王恺，他倚仗皇室势力，家中十分富有，他对石崇不屑一顾，两人多次斗富。有一次，王恺将御赐的二尺多高的珊瑚树向石崇炫耀，没料想石崇随手拿起铁石故意将它击碎，随后又搬出自己家中六七株三四尺高的珊瑚树，结果弄得王恺气恼不已。石崇的巨富和奢侈引起了统治者的不安。八王之乱时，朝廷以结党之罪把他杀了，石家的万贯家财灰飞烟灭，家人散尽，仆役充公。王恺后来也被正法，落得家破人亡、家财充公的下场。

三国时的周瑜少年得志，他风度可人、聪明能干、文武双全，本可为吴国多建功勋，但因其锋芒毕露、心胸狭窄、嫉恨贤才，最后英年早逝。正如《道德经》所言："揣而锐之,不可长保。"意思是锋芒毕露的人,易遭挫折,锐势难保长久。

"和光同尘"的智慧,对现代企业和现代人仍然具有教育意义。

企业界有一个亚军理论,即不当老大,采取跟进战略。这种战略可以减少前进中的阻力,更容易实现目标。这个道理很通俗。大家都熟悉流传久远的俗语"枪打出头鸟""人怕出名,猪怕壮",这些俗语诠释了"出头""出名"的后果。比如在长跑比赛中,真正聪明且有实力的选手,在前期一般不会领跑,因为领跑者会比跟随者遇到更多空气阻力,消耗更多体力。

在社会生活中,有人的地方就难免产生矛盾,有了矛盾和分歧怎么解决?有的人喜欢争胜好强,每次争论总想成为胜者,对别人穷追猛打,不留余地,结果,就会成为孤家寡人,无人愿意与之交往与共事。而有些人懂得谦让、宽容,甚至得理也让人三分,人生之路就会越走越宽。在当今这个人脉即财脉的社会,有了好的人缘,更容易成就事业。其实,在人际交往时不可认死理,有时装装糊涂利人也利己。

少私寡欲

人皆有趋利避害之本能，也许正是因为这种本能，才保证了人类的生存繁衍。一般来说，人都会有私心，都有追求名利的欲望，也许正是这种欲望，促进了人类社会的进步与发展。

中国人讲究中庸之道，就是教育人们做事要适度，过犹不及，不值得提倡。老子在《道德经》第十九章提出"见素抱朴，少私寡欲，绝学无忧"的理念。意思是：保持纯洁朴实的本性，减少私欲杂念，抛弃礼法浮文，才能免于忧患。老子以淡泊宁静之心态观察世间万象，考察社会规律，悟透人生真谛，没有苛求人们无私无欲，而是提倡少私寡欲。因为私心过重，欲望过强，不仅不能带来幸福，反而会带来灾祸，自然和社会概莫能外。

我们先说一个自然界的案例。

唐朝文学大师柳宗元曾写过一则寓言《蝜蝂传》。蝜蝂是一种喜欢背重东西的小虫子，它爬行时不管遇到什么东西，总是拿起来，然后把头翘得高高地背着。它背的东西越来越重，负担也越来越重。尽管它十分吃力，但仍旧不肯住手。蝜蝂的背部很粗糙，堆积在上面的东西不容易掉下来。最后，它被压得跌倒在地，有人可怜它，替它去掉背上的东西，但它爬起来以后，刚能走了，又照旧去背东西。它还喜欢向高处爬，即使累得精疲力竭，也不肯停止。最后，它们总是以摔死而告终。这就是贪多不成，反误性命。

柳宗元表面上是在写蝜蝂，实际上是喻人。像蝜蝂这样的人古今不鲜。

清朝的和珅因受宠于乾隆皇帝位极人臣，利用公权谋取私利，并且贪得无厌。他们家的金银财宝、绫罗绸缎、稀奇古董，多得数不尽，价值可达八亿多两白银，抵得上朝廷十年的财政收入。乾隆死后，和珅也被正法抄家。因此，有了"和珅跌倒，嘉庆吃饱"的说法。

在古代也有许多明智之士，即使是给他天下也不动心。

清朝曾国藩率领湘军打败了太平天国军队，有再造清朝之功，官居一品，大军在握。有人劝曾国藩进兵北京，推翻清朝，自己做皇帝。还有个联络官员呈奏密件劝谏曾国藩做皇帝。曾国藩看了，对那人说："你太辛苦了，先去休息吧。"打发那人走后，将字条吞到肚中。后来，曾国藩自折羽翼，裁减湘军，以求自保，因其少私寡欲，淡泊明志，消除了朝廷猜忌，得以善终。

在我们今天的现实生活中，有些官员像蝜蝂一样因贪得无厌，丢掉了性命。

河北有个叫李友灿的官员，在担任河北省对外贸易和经济合作厅副厅长兼河北省机电产品进出口办公室主任期间，利用手中职权，非法索取和收受财物折合人民币共计4744万余元。李友灿自己驾车一天从北京到石家庄运钞三趟,后来他嫌开车运钞太累,就特意在北京某花园小区购买了一套不太显眼的房子,作为存钱之用。李友灿贪图金钱带来的后果是受到法律制裁而命丧黄泉。

少私寡欲对于经商办企业也同样有着重要意义,尽管办企业的目的是盈利,但怎么盈利,不同的企业家有着不同的答案。有的人只顾自己利润最大化,而不管其他相关方,这样的企业家事业不可能发展壮大,即使一时发展也不可能基业长青。华人首富李嘉诚的成功之道是,与人合作,能取八分利,只取六分,表面上看起来少得了、吃了亏,但生意场的人认为与李嘉诚合作划得来,大家都愿意与他合作,他的生意自然兴旺。如果对别人刻薄,最终合作伙伴会离他而去。没有人合作,到哪里去盈利?

少私寡欲,无论对事业还是对生活都有着重要意义。

周游列国

——谈古论今之六

孔子作为圣人,后世都知道他是儒家鼻祖、万世师表、世界文化名人。咱们避开他的灿烂辉煌,说说他周游列国的逸事及他是如何成为圣人的,从不同维度来认识和解读孔子。

孔子生于礼崩乐坏、诸侯割据、民不聊生的春秋末期,他一心入仕、恢复周礼,建设一个仁爱和谐的社会。孔子的仕途起步于自己的国家鲁国,他从管理仓库的小吏一直晋升为大司寇,成为鲁国的CEO。他在执政期间诛杀了扰乱国政的大夫少正卯,实施了一系列富国强兵的政策,取得了"路不拾遗,夜不闭户"的效果,鲁国在诸侯中名声大振。

与鲁国相邻的齐国最担心鲁国强大,于是以美色和骏马贿赂鲁定公,使鲁定公迷恋美色、玩物丧志、疏于政务。对孔子的谏言常常置若罔闻,致使孔子提出的一系列变革主张无法推进。

孔子在壮志难酬的情况下,带着弟子们开始了周游列国的生涯,希望找到明主帮助他实现政治主张。

孔子第一站来到了卫国。卫灵公很赏识孔子,给予孔子较高的政治和生活待遇。可是没过多久，有人向卫灵公说孔子的坏话，孔子失去了卫灵公的信任。孔子害怕在卫国获罪遇害，就离开了卫国。

孔子离开卫国后，先后到过的国家有曹国、宋国、郑国、陈国、蔡国、叶国、楚国，颠沛流离，遭遇了"匡地被围""宋地被逐""陈蔡断粮"，多次经历生死之危，但也留下了"卫国遇知己""叶公问政""楚国受重用"的故事。或因政见不合，或遭贵族排挤，事实证明孔子主张的仁政在当时弱肉强食、诸侯争霸的时代没有市场，屡屡受挫。

孔子在周游列国时研读了《周易》，找到了自己遭遇挫折的原因，14年后，在冉求的帮助下，终于回到了鲁国。正卿季康子非常尊重孔子，但在政敌的阻挠下，孔子始终未能实施自己的政治抱负。

孔子审时度势，停止了仕途追求，专心从事文化教育事业。他一方面修《诗》《书》，定《礼》《乐》，序《周易》，作《春秋》。另一方面践行"有教无类"的理念，将教育由宫廷推向民间，广收弟子，用《诗》《书》《礼》《乐》作为教材教育弟子，相传他教授的弟子多达3000人，其中能精通礼、乐、射、御、数、术6种技艺的有72人。这就是后世流传的孔子有3000弟子，72贤人。

历史就是这样，因为贵族嫉妒，中国历史上少了一位治国名相，多了一位文化圣人。孔子也因为有了周游列国的14年经历，品尝了人间酸甜苦辣，增长了人生阅历，丰富了社会知识。

我们常说：一个人要想成功需要读万卷书，行万里路。读万卷书可以与先贤对话，获得间接知识；行万里路可以亲自领略自然风光、直面社会万物,获得亲身感知。

对外开放是我国今天的基本国策之一,其实,先贤孔子在2500多年前就是对外开放的践行者。清朝之后的闭关锁国政策与孔子等先贤往哲的思想理念格格不入,更不能将中国近代落后挨打的责任算到中国传统文化上。

"周游列国"已经成为一句成语,其内涵本义在今天仍然有着重要意义。

对于我们每个人来说,每年都应当到一个新地方去旅游一次,通过行万里路不断扩大视野,增长见识。

对于现代企业来说,在地球成为一个村庄,在自己的家门口仍然要经受国际竞争的当下,要积极走出去,参与国际市场竞争,走出去看看异国风情,开拓海外市场,为企业发展扩展更大的空间。

对于一个国家来说,必须走出去开展政治、经济、文化、科技交流,通过学人之长,补己之短。只有融入主流,才能屹立于世界先进民族之林。

周公吐哺

——谈古论今之七

　　在我国的历朝历代中,周朝历时最长,延绵800余年。奠定周朝基业的,不仅有周文王、周武王,还有一位重要人物就是周文王之子、周武王之弟周公旦,史称周公。

　　周公是武王的重要谋臣,在推翻商朝、建立周朝过程中发挥了重要作用。武王逝世后,尽力辅佐武王之子成王,在平定叛乱、巩固新生政权、奠定周朝基业方面发挥了重要作用。

　　周朝初立,百废待兴、百业待举,需要各方面的人才。作为周朝的首席执政官的周公非常重视人才的发现和引进工作。周公执政期间,张贴告示招聘人才,动员官员推荐人才,一时间,前来求职的人才络绎不绝,有些贤才周公亲自面试。周公唯恐失去天下人才,洗头的时候多次握着尚未梳理的头发,吃一顿饭的时候数次吐出口中食物,迫不及待地去接待人才。周公求贤若渴的精神感动了天下,许多人才汇聚洛邑,效力周朝。

　　周公在政局稳定之后,开启了经济改革,推行了井田制,规划土地,鼓励农耕,极大地促进了生产力的发展,巩固和加强了周王朝的经济基础。

为了使周王朝长治久安,周公进行了一系列的政治改革和文化建设,对后世影响深远。

一是确立了嫡长传承制。在法律上免除了支庶兄弟争夺王位的现象,起到稳定和巩固统治阶级秩序的作用。

二是强化了中央集权。据说"普天之下,莫非王土,率土之滨,莫非王臣"的理念出自周公。为了加强周王朝的集权统治,周公提出"田里不鬻",即土地不许买卖,所有权归朝廷,成为封赏功臣的资源和集权统治的筹码。

三是解决了民族团结问题。对叛乱者坚决镇压,对贤士给予厚待,将商朝贵族西迁,在生活上给予出路,从而保持了社会稳定。

周公的思想成为儒家思想的重要源泉,孔子一生追求的"克己复礼"就是恢复周朝之礼。

周公的许多思想不仅闪耀历史光芒,而且具有普世和现代价值,值得今天的我们学习借鉴。特别是他"一沐三提发,一饭三吐哺"的嘉言懿行对巩固周朝政局、促进经济发展发挥了重要作用。"周公吐哺,天下归心"已经成为一句流传千古的成语。

"周公"已成为一种历史尊称。三国时曹操以"周公"自诩;周恩来总理却被人称为"周公"。对周总理的这一尊称始于抗日战争时期,当时周恩来在国统区工作,他的品格和才能,赢得了许多党外人士和国民党高层人物的尊敬,于是称他为"周公",毛主席在1949年12月致柳亚子的信中说"周公确有吐握之劳"以表示对周恩来总理的钦佩和赞赏。

古今中外的实践都反复证明，事业成败，关键在人。

一个国家的兴盛离不开优秀人才，当年偏居西隅、国力较弱的秦国集团之所以灭亡六国，实现大一统，是得益于来自他国的商鞅、百里奚、范雎、白起、张仪、李斯等优秀人才。如果没有他国人才为秦国集团出谋效力，统一天下的就不一定是秦国集团，中国的历史就有可能改写，说明人才战略何等重要。

一个企业的发展也离不开优秀人才。中国化工集团公司2006年以来从海外引进了几十位职业经理人充实集团总部和下属企业，其中已有7人纳入中组部的"千人引进计划"。由于一批海外优秀人才的加入，他们的先进理念和管理技能，不仅为管理海外企业提供了便利，而且对改革传统管理制度带来了动力和活力。全球第一CEO韦尔杰，不仅在20年任内创造了GE公司的辉煌业绩，使公司的市值增长了30多倍，还花了10多年时间实施了"继任者计划"，选定伊梅尔特作为接班人，从而保持了GE公司的健康、持续发展。

"周公吐哺"作为我国优秀文化资源，值得弘扬光大。

多藏厚亡

人类对利益的追求是推进社会发展的动力,如果没有对利益的追求就会失去前进的动力。然而,凡事都有个度,一个人如果想要的名利太多,加之获得利益的手段不正当,带来的就不一定是幸福与快乐,而有可能是灾祸。

老子在《道德经》中告诉人们:"甚爱必大费,多藏必厚亡。"意思是说:过分地爱一个人或一件物,必定要付出大量时间和精力;积聚很多财物而不能周济别人,必定会引起众人怨恨,最后会遭受更大损失,甚至因此丧命。

社会和自然资源都是有限的。如何分配好社会和自然资源是一个世界性难题。纵观古今中外的争斗与战争大都与争夺资源有关。出现在古代宫廷的明争暗斗、刀光剑影,血流成河,为的是争夺权位,掌控更多资源;美国以萨达姆总统拥有大规模杀伤性生化武器和与基地组织有联系为借口发动伊拉克战争,其真实目的是控制中东地区的石油资源。

资源有限,而人的欲望无限。以无限欲望对有限资源,必然会争端纷起、矛盾不断。有些人利用祖上权势,拥有丰厚资源,如历代皇子贵族,他们还在褓褓中就被封王授爵,富甲一方,最终常被为"千年良田八百主,田是主人人是客",江山易主,改朝换代;今天的某些富二代穷奢极欲、危害社会、屡屡"坑爹"。有的人利用公权、谋取私利,贪得天文财富,如清朝的和珅、今天的"河北第一秘"李真、军中巨贪谷俊山等,最后都难逃法律制裁,不得善终。据媒体报道,谷俊山被查后,从他们家的"将军府"中收缴的茅台酒就有两卡车。

另外,炫富招摇者大都不会有好下场,古时有晋朝的石崇和王恺,最终都被正法。今天有某些"炫富女"以人类不齿的卖淫而敛财,并且高调炫富,频繁在网上晒她的名包名车,最终等待她的是法律审判。据媒体报道,重庆某美女主播惨遭割喉被抛尸湖中。经警方证实,她的社会关系复杂,平时浑身名牌,并好显摆,因此遭到了厄运。

活人如此,死去的人因多藏而厚亡的案例也比比皆是。如权倾多代的清朝慈禧太后,生前享尽荣华富贵,死后陪葬的稀世珍宝不计其数。本以为死后得以沿袭富贵、绵延奢华,但令她没有想到的是,坚固的墓穴在1928年被国民党军长孙殿英用炸药炸开,稀世珍宝被拉走了三十大车,慈禧太后的灵魂永远不得安宁。

人为万物之灵,智慧应当在万物之上。《增广贤文》有言:"良田万顷,日食一升;大厦千间,夜眠八尺。"说的是一个人对物质的正常需要是有限的。因此,人们要理性地对待财富。财富来自社会,追求财富是一个人价值的体现,是人生努力的动力,当追求到了自己及家庭所需要的财富之后,就应当主动考虑与他人分享。一位智者说：当有一桶水的时候，留着自己用；当有一缸水的时候，留着全家用；当拥有一条河的时候，应当与社会分享，不能当守财奴。

在我国历史上，也有许多淡泊名利、乐善好施的智者。如春秋时期的范蠡，他在帮助越王勾践复国灭吴之后，急流勇退、下海经商，三次积累巨额财富，并三散巨财接济乡亲，成为千古美谈。今天的首善陈光标多次向灾区和贫困地区捐献巨款，受到社会高度赞誉。他们以实际行动为世人做出了向善榜样。

"多藏厚亡"的箴言将穿越历史时空，教育启迪更多的中华儿女。

虚室生白

——谈古论今之九

　　从前有一个守财奴背着一麻袋金子过河,不料船到河中被狂风大浪掀翻了,守财奴和他的金子一起落入水中。守财奴本会游泳,但由于金子太沉,他奋力挣扎着冒出头来换了几次气。旁人劝他赶快扔掉金子自己游上岸逃命,但守财奴说舍不得金子,最终与金子一起沉入河底,命丧黄泉。

　　这个故事讽刺了守财奴财迷心窍的无知和贪婪。这样的案例,古今中外比比皆是、不胜枚举。

　　守财奴、贪婪者之所以做出愚蠢的行为,是因为不明白事物本末,被物欲充塞了心灵空间,照不进一丝光明,心中眼里只有钱财,将钱财看得比生命还要金贵。

　　庄子在《人间世》一文中提出了"虚室生白"的理念,值得后人学习品味。"虚",指空虚;"室",不仅指房间而且指人心;"白",是指心无杂念,生出智慧,也形容清澈明朗的心灵境界。庄子此处的"虚室生白"不仅是指自然界的房间,而且是指人的心灵。房间里面的东西少了,照进的阳光自然就多了;如果房间被物件堆满,阳光自然就少了。从字面理解这句话直白了然。但大智庄子绝非止于说房间，而是以物寓人，教导世人要舍得放弃、淡泊名利、空灵心境。

庄子为什么要提出"虚室生白"的理念呢？是因为他目睹了他所处的战国时代，诸侯割据、争权夺利、战事频繁、民不聊生，希望有志有识的当权者少私寡欲、以德治国，使社会和谐发展，让民众休养生息。

庄子的声音在当时尽管极为微弱，但构成了中国传统文化的重要内涵，他的理念与智慧影响深远，穿越时空。

"虚室生白"的理念得到后世弘扬传承。范蠡的急流勇退、跳槽下海；诸葛亮的淡泊明志、宁静致远；曾国藩的自折羽翼、裁减湘军；常香玉的积极义演、为国捐机；陈光标的奔赴灾区、慷慨解囊等，无不是"虚室生白"理念的弘扬与光大。

我们每个人都可以从"虚室生白"理念中受到启迪、汲取智慧。我们应当向居里夫人学习，她将所获得的珍贵的诺贝尔奖章给孩子当玩具玩，不为外物所累。这是何等的空灵，何等的明了，也许是因为她具有如此境界，才使她第二次获得诺贝尔奖章。反观我们，将外物看得太重，以致束缚了心灵成长和灵魂远航。

人们所需要的物质是非常有限的，过多的财富仅是符号而已。而一些大权在握的官员，利用手中权力牟取私利，贪污受贿并且贪得无厌。不仅周永康、徐才厚等"大老虎"侵吞了巨额财产，而且出现了小官巨贪的现象。如辽宁抚顺，被称为"土地奶奶"的国土资源局顺城分局原局长罗亚平，涉案金额高达1.45亿元，成为涉案金额巨大的女贪官。河北省秦皇岛市北戴河区供水总公司总经理马超群创造了1.2亿元现金、37千克黄金、68套房产的贪腐数字。司法机关在查抄马超群家财产时发现，他藏匿的成箱的现金发霉长毛，对于他来说，这些钱不仅毫无价值，反而成为累赘和巨大祸害。

"虚室生白"的古训值得我们好好品味、一生践行。

见贤思齐

——谈古论今之十

"见贤思齐"常见于书法条幅，不少人以此作为座右铭。"见贤思齐"出自《论语·里仁》："见贤思齐焉，见不贤而内自省也。"意思是见到德才兼备的人就要向他看齐。"见贤思齐"早已成为流传广泛的成语。

"见贤思齐"之所以如此受到人们青睐，是因为这句话反映了一个人的生活态度，也是人生成功不可或缺的生活方式。古语曰："满招损，谦受益。"一个骄傲自满的人是看不到自己不足，也看不到别人长处的，因此必然会故步自封、因循守旧，被时代所淘汰。只有谦虚的见贤思齐的人，才能虚心向别人学习，改进自己的不足，提升自己的素质，收获更大成就。

古今中外的无数案例为"见贤思齐"有助于成长进步做出了诠释。

战国时期赵国的北面是燕国，东面是东胡，西面是林胡、楼烦、秦国、韩国。赵国的生存环境十分恶劣，如果不能富国强兵，国家很快就会灭亡。有一位赵武灵王受命于危难之时。他经过大量的调查研究,认识到少数民族的"胡服骑射"优于汉服和步兵作战。于是,赵武灵王勇于冲破世俗阻力,克服重重困难强力推行"胡服骑射"制度。赵国因而得以强大,陆续完成了灭中山国,败林胡、楼烦二族,辟云中、雁门、代三郡,并修筑"赵长城",抑制秦国的历史伟业。赵武灵王也因此成为一位勇于创新、影响历史的君王。

大家可能都熟悉关公败走麦城,被吴军斩首的三国故事。大家是否知道这出历史大戏的策划者是谁?他就是吴军将领吕蒙。吕蒙原本孙权帐下一介英勇善战但不通谋略的武夫。

一次,孙权对吕蒙说:"你现在当权管事了,不可以不学习!"吕蒙用军中事务多来推脱。孙权说:"难道你比我还忙吗?我坚持每日读书,自以为大有益处。"吕蒙见贤思齐,开始刻苦学习,结合实际钻研经典,提升素养。有一次,大都督鲁肃来到寻阳军营视察,吕蒙同其论议军国大事,鲁肃十分惊奇地说:"你现在的政治与军事才干,不再是原来那个吴下阿蒙了!士隔三日,当刮目相看啊!"吕蒙能够屡出军事奇谋,离不开刻苦学习和素质的提高。

我国历史上见贤思齐的案例不胜枚举。如元朝蒙古族人和清朝满族人,他们之所以能够以少数人统治天下,无不是见贤思齐、善于学习和应用优秀文化凝聚人心的结果。有历史学家研究表明,对中国传统文化尤其对孔子的尊重蒙古族人和满族人相比于汉族人有过之无不及。

"见贤思齐"作为一种观念,一种思想,一种方式,具有强大的文化内涵和生命力,可以跨越时空,作用于国家、企业和我们每个人。

　　我们在实现中华民族伟大复兴中国梦的进程中,一方面要增强道路自信、理论自信、制度自信、文化自信,另一方面要见贤思齐,努力向世界其他民族学习。我们要直面自己的不足。在市场经济及科学技术方面,西方国家是先行者,有着成熟的先进的经验和做法,我们只有以开放、包容的心态融入世界舞台,才能屹立于世界民族之林。回顾我国近代落后挨打的屈辱历史,很重要的原因是明清以来的统治者骄傲自满、闭关锁国,以天朝大国自居,隔绝了与世界的交流,不了解世界的变化。结果,一觉梦醒,成为列强的鱼肉。

　　"见贤思齐"应当成为民族的和个人的健康基因。

物壮则老

"物壮则老"出自老子的《道德经》。《道德经》是中国哲学第一书,书中充满着唯物辩证法。"物壮则老"的意思是:事物过于壮盛了就会变为衰老,因为他是"不道"的,"不道"则必然死亡。

哲学规律告诉我们:事物的发展是由量变到质变的,事物发展过程由否定到再否定。月亮由初期的残缺到圆满,到达最圆之时,就会再度残缺,并且循环往复。人生也是一样,婴儿时期生命弱小,进入童年、青年、壮年之后,生命逐渐强壮,到了最强壮大约40岁之后就会慢慢走向衰老直到死亡。这就是自然规律,谁都无法抗拒。人们只能顺应自然,知天达命、享受生命。

个体生命会"物壮则老",企业、国家也会"物壮则老"。当年秦始皇扫清六合、一统天下是何等威武和强大,原想秦朝江山传承万世,谁曾想,秦朝江山二世而亡。主要原因是秦朝政治腐败、穷奢极欲、横征暴敛,民不聊生、违背天道,种下了短命基因,最终导致农民揭竿而起、摧枯拉朽、改朝换代。

《红楼梦》中的贾府曾经倚仗皇亲国戚的关系飞黄腾达,成为富甲一方的钟鸣鼎食之家,全府上下养成了挥金如土、奢侈排场之家风。然而,随着国力衰弱,加之政治倾轧的侵袭,贾府的危机日益显现,多数人仍浑然不觉。只有探春等少数明智远见者有所警醒,力主改革贾府,革除奢侈,开源节流,植入健康基因,但终究敌不过老祖宗、凤姐等旧风惯性,最终草草收场。正如冷子兴与贾雨村的一番议论:"贾府主仆上下,安富尊荣者尽多,运筹谋划者无一;其日用排场费用,又不能将就省俭,如今外面的架子虽未甚倒,内囊却也尽空了。这还是小事。更有一件大事:谁知这样钟鸣鼎食之家,翰墨诗书之族,如今的儿孙,竟一代不如一代了!"贾府自然以衰败告终。

老子除了告诉人们"物壮则老"的哲理外,还揭示了"持盈保泰"之道。

个体的生命是有限的,然而当个体生命融入人类的长河,那么人类的生命将是无限的;一个企业家的生命是有限的,而企业的生命将是无限的;一个民族领路人的生命是有限的,而这个民族的生命将是无限的。要使人类、企业、民族持盈保泰、永续发展,就必须革故鼎新、自我否定,不断植入健康基因。

老鹰是世界上最长寿的鸟类之一,可以活到70多岁。但并不是所有的老鹰都可以达到那样的寿命。据说老鹰活到40岁时,爪子开始老化,翅膀变得沉重,无法敏捷地捕食。这时,老鹰只有两种选择:等死或是经历一个痛苦的更新过程。它必须努力飞到山顶,在悬崖上筑巢。它要用喙打击岩石,直至完全脱落,再静静等候新喙生长,再用新喙把指甲一个一个拔掉。新指甲长出来后,再把羽毛一根一根拔去。大约5个月后,新的羽毛会慢慢长出来,获得新生的老鹰便又能够自由地飞翔,再现凌空翱翔的英姿,并获得几十年的重生。

企业发展到一定规模,容易滋生官僚主义、机构臃肿、层级过长、效率低下等"大企业病"。如果不能有效地改革治病,也将很快走向衰败甚至破产倒闭。爱好中国哲学的海尔当家人张瑞敏一直在探索海尔的"持盈保泰"之道。在他看来,正值壮年的海尔,需要自我颠覆、自以为非、边破边立,只有这样才能保持活力,或者推迟衰老。海尔的成功之道和张瑞敏的哲辩思考值得我们学习借鉴。

卧薪尝胆

——谈古论今之十二

"卧薪尝胆"出自春秋末期越国国王勾践兴越灭吴的典故。

当年南方的两大强国吴国和越国为了争霸,世代结怨,战争不断,期间互有输赢。公元前497年,越王允常去世后,勾践继位。吴、越冲突不断升级。

吴王阖闾兴师伐越,勾践统兵抗击吴军,越军侥幸打败吴军,射伤吴王,吴王临终告诫儿子夫差:"必毋忘越"。吴、越矛盾进一步激化。

夫差接位后,日夜勤兵,矢以报越。越王勾践不听范蠡等谋臣劝阻,发动了攻打吴国的战争。两军大战于夫椒。越军终因寡不敌众,惨败于夫椒。越国面临着亡国之灾。面对危局,范蠡建议勾践:"委曲求全,以退为进,卑辞厚礼,先求存越,后图复仇。"越国通过美女和重金收买了吴王宠臣太宰伯嚭,经过伯嚭在吴王面前的一番斡旋,吴王终于同意赦军存越,前提条件是要勾践夫妇到吴国为他服役。勾践夫妇在范蠡的陪同下往吴国服役三年,受尽耻辱,终于得到吴王赦免。

勾践回国后,为了激励自己不忘报仇雪耻,睡觉时不铺褥子而睡柴草,还在餐厅里挂了一个苦胆,每顿饭前都要尝尝苦胆,这就是"卧薪尝胆"典故的由来。勾践领导越国经过"十年生聚,十年教训",使越国政治清明,国富兵强,终于打败吴国,毙命吴王,一雪前耻。

勾践审时度势的谋略、忍辱负重的品格、卧薪尝胆的智慧为后世史家所推崇和世人所仿效,卧薪效应流传千古,影响万代。

一个人的成功不在于顺境时取得多大成绩,而在于逆境时是否能够经受考验。有些人只能开顺风船,一遇到挫折就心灰气馁,一蹶不振。而许多取得杰出成就的人都是从挫折中变得坚强,摔倒之后能够爬起,只要爬起的次数多于摔倒的次数,就有可能获得成功。

战国时苏秦游说秦王未被采纳,盘缠用尽,落魄返乡,遭到邻里和家人嘲笑冷遇。苏秦立志发奋学习、提高素质、东山再起。他夜以继日,挑灯夜读,一打瞌睡,便用锥子刺大腿,强迫自己清醒过来继续苦读,终于学有所成,再度出山,说服齐、楚、燕、韩、赵、魏"合纵"抗秦,身佩六国相印,留下了"悬梁刺股"的美名。

东晋祖逖少年时代立志报国,收复中原,为了练就本领,一听到鸡鸣,就披衣起床、拔剑练武,终于成为东晋著名将领,讲述了一个千古流传的"闻鸡起舞"故事。

曾被评为"十大改革风云人物"的史玉柱,凭着聪明才智,创造了民营企业发展的神话。巨人公司发展迅速,一时名声大振,然而由于决策失误、管理不善、资金链断裂,巨人公司终于坍塌破产。史玉柱于1998年底远离喧嚣的商场，一个人悄悄躲进南京的东郊"疗伤"，住在一个不起眼的内部招待所。他经常一个人开着旧吉普到郊外，随身携带矿泉水、面包和《毛泽东和第五次反围剿》《太平天国》《洪秀全》《长征》等书。他要从这些历史人物和重大事件中总结自己的成败得失，规划今后的人生道路。史玉柱在沉寂了4年之后，一家以巨人集团原班人马为班底的新公司低调进入了保健品行业，将"脑白金"产品经营得"地球人都知道"。史玉柱虽然是大股东，但他韬光养晦，仅担任"决策顾问"的角色。这家公司收购了巨人大厦"烂尾工程"的楼花，履行了诺言，还清了债务，重塑了形象。2010年史玉柱的3小时午餐券拍出了200万元的天价，证明了卧薪尝胆之后的史玉柱在企业界的价值。

破釜沉舟

——谈古论今之十三

　　"破釜沉舟"的典故来自秦朝末年反秦将领项羽组织的"巨鹿之战"。破釜沉舟的意思是把饭锅打破,把渡船凿沉不留退路,体现了战将必胜的英雄气概。

　　在事关秦朝和起义军命运的具有决定性意义的"巨鹿之战"中,项羽只有杂牌军六七万,而由章邯和王离两员大将统领的秦兵有四五十万。这是一场兵力悬殊,风险极大的战争。项羽深知自己的险境,他在作了战前动员之后,命令军士凿沉渡江船只,打破做饭的铁锅,只带三天干粮。这是一场只能胜利并且只能速胜的战争,否则将会全军覆没。项羽向秦军的薄弱环节发动了猛烈进攻,军士们个个士气大振,以命相拼,未待秦军组织有效反击,就以迅雷不及掩耳之势大破秦军,四五十万秦军兵败如山倒,相互践踏,死伤无数。"巨鹿之战"创造了我国以少胜多的战争奇迹。由此产生的"破釜沉舟"成语流传千古。

　　"巨鹿之战"成为压死秦朝这只大骆驼的最后一根稻草,秦朝从此走上了灭亡之途。项羽的过人胆略、英勇善战特别是沉舟效应却穿越时空、流传千古、影响久远。

我国历史上许多成功人物都具有破釜沉舟、坚忍不拔的品质。正像大文豪苏东坡所说："古之立大事者，不惟有超世之才，亦必有坚忍不拔之志。"

文王拘而演《周易》，仲尼厄而作《春秋》；屈原放逐，乃赋《离骚》；左丘失明，厥有《国语》；孙子膑脚，《兵法》修列；不韦迁蜀，世传《吕览》；韩非囚秦，《说难》《孤愤》；《诗》三百篇，大抵贤圣发愤之所为作也。

马克思的女儿劳拉曾问父亲："你认为男人的最好品德是什么？"马克思回答："意志坚强。"

科学家爱迪生说："伟大人物最明显的标志，就是他有坚强的意志。"

尼克松说："有建树的领袖人物，都具有坚强的意志，而且懂得如何调动别人的意志。"

1937年日本帝国主义发动侵华战争，中华民族进行了不屈不挠的八年抗战，中国人民用血肉之躯筑起新的长城，用不屈不挠的毅力铺垫胜利的基石，终于让不可一世的侵略者低下了罪恶的头颅。抗日战争是百余年来中华民族反抗外国侵略取得的第一次伟大胜利，是中国各民族、各阶层同胞同仇敌忾、浴血奋战的结果，是中华民族付出了巨大的牺牲和沉重的代价换来的。抗日战争的胜利是世界史上的奇迹，是中国人民反抗外国侵略的壮举，是中华民族宝贵的精神财富。

20世纪50年代中期，刚刚诞生的新中国百废待举，面对国际上严峻的军事形势，以毛泽东同志为核心的党中央第一代领导集体毅然做出发展原子弹、导弹、人造地球卫星,突破国防尖端技术的战略决策。钱学森、钱三强、王大珩、朱光亚、孙家栋、王淦昌、邓稼先、于敏等一批科学专家告别家人、进入西北戈壁大漠,在当时国家经济、技术基础薄弱和工作条件十分艰苦的情况下,以破釜沉舟的意志和坚忍不拔的毅力,自力更生,发愤图强,完全依靠自己的力量,突破了原子弹、导弹、氢弹和人造地球卫星等尖端技术,取得了举世瞩目的辉煌成就。

正如邓小平同志曾经指出的那样:"如果六十年代以来中国没有原子弹、氢弹,没有发射卫星,中国就不能叫有重要影响的大国,就没有现在这样的国际地位。这些东西反映一个民族的能力,也是一个民族、一个国家兴旺发达的标志。"

在这个竞争激烈的世界,要想屹立于先进民族之林,破釜沉舟的精神资源仍然值得我们发扬光大。

毛遂自荐

——谈古论今之十四

"毛遂自荐"的典故出自战国时期的赵国。赵国都城邯郸被秦军围困一年有余,危在旦夕。平原君赵胜建议赵王以合纵之名请求魏、楚等国出兵解围。

平原君准备亲率20位随从前往楚国说服楚王出兵救赵。由于使命光荣、责任重大,对人员选择十分苛刻,平原君在他的3000门客中只择到文武皆备的19人。正在平原君一筹莫展之际,一个平时默默无闻的名叫毛遂的门客自荐前往。平原君说:"贤主处于世间,恰似尖锥处于囊中,其锋芒亦现,今先生居此已有三年,却未曾听左右提起过,可见先生文不成、武不就,且出使楚国乃关系赵国存亡之大计,先生恐怕不能胜任,还是留下吧。"毛遂答道:"君子言之有理。贤士处世当展其才德,然欲逞才能须有表现机会,毛遂之所以未能崭露锋芒是因无处于囊中的机会,否则,早已脱颖而出,不单单是只露锋芒的问题了。"平原君对毛遂的对答深感奇异,且事务紧急,便同意毛遂同行。

平原君一行到达楚国的第二天,楚王与平原君进行了高级别会议,从早上一直谈到中午,却仍无结果。此时,毛遂提剑冲进会议室,先数落讥笑了一番楚王,然后向楚王陈述了与秦国结盟的危害和联赵抗秦的好处,终于促使楚王答应出兵救赵。在魏军和楚军的救援下,秦军撤退,解了邯郸之围,毛遂被赵王誉为"三寸之舌胜过百万大军"的功臣,也受到后人称赞。"毛遂自荐"成为流传千古的成语。

中国人常以谦虚、内敛处世,毛遂的自荐精神更显得难能可贵。纵观中国的历史,在为了自己名利之时,辞让、谦让成风,而在国家和民族危难时刻,像毛遂那样不顾自己生死安危,挺身而出,施展才华,为之奋斗的仁人志士大有人在。

三国蜀将黄忠、东晋将领祖逖、宋朝元帅岳飞等都是勇于担当使命,敢于毛遂自荐的英雄人物。

在日本帝国主义侵略中国,民族危亡,国难当头的时候,中华民族优秀儿女慷慨赴死、不怕牺牲、百折不挠,用血肉之躯,筑起新的长城,在中华大地开展了如火如荼的抗日救国运动,涌现出了杨靖宇、彭雪枫、刘志丹、马本斋、赵一曼等民族英雄和狼牙山五壮士等英雄集体。中华民族以3500万人的伤亡代价,最终打垮了日本法西斯,取得了抗日战争的伟大胜利。

茅台酒在国际市场扬名得益于万国博览会上的积极营销"成功一摔"。20世纪90年代初期,政府动员企业上市,当年弱小的蓝星清洗之所以能够在1995年获得化工部的上市指标,是因为蓝星公司创始人任建新的毛遂自荐、积极主动。

要想在现代化企业中获得成功,就必须努力培养自己的主动意识,在工作中要勇于承担责任,主动为自己设定工作目标,并不断改进工作方法;此外,还应当培养宣传自己的能力。

　　积极主动的人不会把自己的行为归咎于环境或他人。他们在待人接物时,总会根据自身的原则或价值观,作有意识的、负责任的抉择,而非屈从于外界环境的压力。生命中随处是机遇,许多机遇就藏在一个又一个挫折之中,如果你在挫折面前气馁,你很可能会与机遇擦肩而过。

　　在经济全球化不断深入,科技飞速发展的今天,优秀企业对人才的期望是:有真才实学、积极主动、充满热情、灵活自信。

负荆请罪

"负荆请罪"的典故出自战国时期赵国杰出的军事家廉颇。廉颇与白起、王翦、李牧并称"战国四大名将"。廉颇为赵惠文王、赵孝成王、赵悼襄王三朝元老。廉颇统率军队时守必固,攻必取,几乎百战百胜,威震列国。秦国虎视赵国而不敢贸然进攻,正是慑于廉颇的威力。鉴于廉颇的赫赫战功,赵王拜其为上卿。

与廉颇同朝的文官蔺相如,在赵王危难之际身携"和氏璧",充当赵使入秦。蔺相如以他的大智大勇取得了对秦外交的胜利,完璧归赵。后来赵王与秦王在渑池举行会盟,蔺相如不卑不亢与秦王周旋,毫不示弱地回击了秦王施展的种种手段,不仅为赵国挽回了声誉,而且对秦王和群臣产生震慑。最终使得赵王平安归来。

赵惠文王"以相如功大,拜为上卿",地位竟在廉颇之上。廉颇对蔺相如封为上卿心怀不满,公然扬言要当众羞辱蔺相如。

蔺相如知道后,并不想与廉颇争高低,而是采取了忍让的态度。为了不使廉颇在临朝时排列在自己之下,每次早朝,他总是称病不至。蔺相如乘车出门，远远望见廉颇迎面而来，就索性引车躲避。蔺相如的行为引起了下属的不满，有的下属抱怨蔺相如过分软弱。蔺相如解释说："秦王与廉颇将军相比谁更厉害？"下属说："当然是秦王厉害。"蔺相如说："面对虎狼般的秦王，相如都敢当庭呵斥，羞辱他的群臣，我还会怕廉颇吗？强秦之所以不敢出兵赵国，主要是因为我和廉将军同在朝中为官，将相相和，同心协力，如果我们相斗，则会两虎相伤，没有两全之理了。我之所以避他，无非是把国家危难放在个人的恩怨之上罢了。"

后来蔺相如的话传到了廉颇耳中，廉颇听后，深受感动，他选择蔺相如家宾客最多的一天，身背荆条，赤膊露体来到蔺相如家中，请蔺相如鞭打治罪。从此两人成为刎颈之交，生死与共的好朋友。

这就是"负荆请罪"的由来。在这个故事中，我们既要为蔺相如顾全大局、宽容忍让的高风点赞，也要为廉颇将军闻过则喜、勇于改错的亮节鼓掌。

廉颇的负荆效应影响后世、流传久远。

纵观历史，大凡明智者都能够从善如流并且知错必改。从善如流、知错必改是成就事业不可或缺的品格。汉高祖刘邦和唐太宗李世民都因为从善如流、知错必改而流芳史册。

廉颇的精神品德尤其是廉颇的负荆效应不仅具有重要的历史意义，而且具有重要的现实意义，廉颇的精神风范正在当代弘扬光大、永照千秋！

1970年12月7日，当时的联邦德国总理维利·勃兰特冒着凛冽的寒风来到华沙犹太隔离区起义纪念碑下。他向纪念碑敬献花圈后,双膝跪在纪念碑前,并祈祷:"上帝饶恕我们吧,愿苦难的灵魂得到安宁。"勃兰特的惊人之举感动了成千上万的波兰人,赢得了世界的谅解,赢得了德意志民族的站起。

同为第二次世界大战发动者的日本,在对待历史问题上与德国相比相去甚远,他们在错误的道路上越走越远。其文化迷茫,根脉缺失,理性缺乏,最终会受到历史的惩罚。

孟母三迁

"孟母三迁"的典故出自战国时期孟子的母亲仉氏。孟子的父亲名叫孟激,为了发展事业、光耀门庭,他抛别娇妻稚子,远赴宋国游学求仕,在孟子三岁时客死他乡。从此孤立无援的孟母开始了坎坷的人生旅途。她凭着自己的双手纺纱织布谋取衣食所需,更为后人称道的是把独生儿子培养成为继孔子之后的"亚圣"。

孟母是我国历史上的伟大的女性,有关她的"胎儿教育""断机教子""买肉啖子""为儿解忧"等许多故事流传后世,万古流芳。尤其她的"三迁效应"影响深远。有些地方已将孟母的生日(农历四月初二)定为中国人的母亲节。

孟子小时候住山东邹县城北二十五里的马鞍山下,村名叫范村。村口不远有一片墓地,出殡的人群常从孟子家门口经过,于是孟子经常和小伙伴们模仿送殡的人做游戏。孟母见后心生不快,觉得这个地方不利于孟子的成长,就把家搬到县城北部的庙户营。可是这里街市繁华,附近住着一个杀猪的屠夫。孟子就学屠夫杀猪的样子嬉戏取乐。孟母感到这里也不宜培养孩子，便又移居于城南门外子思书院旁。小孟子幡然醒悟，明白了母亲多次搬家的良苦用心，从此发愤读书，心无旁骛，终于成为我国历史上著名的大学问家。

孟母教子影响深远，西汉刘向《列女传》有"孟母教子"的典故，东汉女史学家班昭曾作《孟母颂》，西晋女文学家左芬也作《孟母赞》。孟母作为母亲典范，受到多个帝皇追加封谥，在乾隆二年加封为"邾国端范宣献夫人"。

孟母受到广泛尊崇的主要原因，如明朝山东监察御使锺化民的《祭孟母文》上所称赞："人生教子，志在青紫。夫人教子，志在孔子。古今以来，一人而已。子之圣即母之圣"。

在我国历史上出现了许多伟大的母亲，为后世传颂。

汉文帝母亲薄氏深谙黄老之道，远离宫廷斗争，带着儿子奔赴艰苦的代地将儿子培养成一代明君。东晋名将陶侃之母"封坛退鲊"，教育儿子陶侃清廉为官，对陶侃勤劳节俭、为官清廉产生了深远影响。岳母在儿子岳飞背上刺"精忠报国"四个大字，激励着岳飞忠君爱国、英勇杀敌，成为一代民族英雄。

孟母教子的美德，影响和激励着一代又一代的母亲，筑就中华民族的伟大精神，传承了中华民族的优秀文化。这种精神和文化正在向更深更广的领域发展和延伸。

陶艳波的儿子杨乃彬一岁的时候，因为一次发烧导致耳膜出血，最终失去了听说功能。这给了陶艳波一家沉重打击。为了让失聪的儿子能像正常人一样学习，陶艳波辞职全程陪儿子读书，变成孩子的耳朵和向导，从小学到大学，十几年如一日，给儿子以信心和力量。经过不断练习,杨乃彬不仅可以正常地和人交流,而且成为一名大学生。陶艳波的事迹感动了神州大地,被评为2015年度感动中国人物。

黄春燕,一位年轻的妈妈,曾交了3万元定金预订了某小区的一套房子,在了解该小区物业和环境情况时,遇到的情况是:"保安很冷漠,一问三不知,还很不耐烦。迎面遇见几个小区住户,想问一下物业服务情况,没有人搭理。刚会说话的儿子看见一个老婆婆而对她奶声奶气地叫'奶奶'时,后者面无表情地瞥了一眼,就走开了。"黄春燕女士觉得这样的小区不利于儿子的成长,于是与家人商量并得到家人一致同意,不惜损失3万元定金,放弃购买该小区住房,选择了在一家人文环境良好的小区购房,为孩子选择一个好的成长环境。

急流勇退

——谈古论今之十七

"急流勇退"的典故出自战国时期的范蠡,范蠡帮助越王勾践灭吴雪恨,此后急流勇退,下海经商,三聚三散巨财,是我国春秋时期著名的政治家、军事家和实业家,被称为我国商人圣祖。

范蠡虽出身贫寒,但聪敏睿智、胸藏韬略,年轻时就学富五车,上晓天文、下识地理、满腹经纶,文韬武略,无所不精。然而当时楚国贵胄专权、政治紊乱,非贵族不得入仕,范蠡不为当局所用。

范蠡与楚宛令文种相识、相交甚深。因不满当时楚国的黑暗政治一起投奔越国施展抱负。

吴、越同为南方强国,都企图对外扩张,两国交恶已久,吴王阖闾在与越国的交战中中箭身亡,儿子夫差为报父亲一箭之仇,多年厉兵秣马,准备征服越国。

越王勾践在国力衰弱、兵力不强、准备不充分的情况下,不听范蠡等谋臣的劝阻,贸然出兵与吴军交战,结果败于夫椒(今江苏太湖中洞庭山),勾践仅剩5000残兵败将逃入会稽山,被吴军重重围困。

在此危急关头，范蠡献出"卑辞厚礼，乞吴存越"之策。勾践准允并派出大夫文种前往吴国向吴王提出存越请求，并贿赂吴王宠臣太宰嚭，经过太宰嚭的说服，吴王不顾谋臣伍子胥的反对，答应了越国提出的勾践夫妇质吴存越的请求。

勾践将国政交托文种，由范蠡陪同到吴国为奴。在范蠡的策划下，勾践为吴王父亲守墓，甚至为吴王尝屎治病，终于麻痹和感动了吴王，被吴王释放归国。

勾践归国后，立志雪恨、卧薪尝胆，范蠡和文种共同策划了十年生聚，十年教训，兴越灭吴"九策"，终于谱写了兴越灭吴的传奇篇章。

范蠡居功至伟，被勾践尊为上将军。然而，范蠡淡泊名利、深识人性、急流勇退，深谙"飞鸟尽，良弓藏；狡兔死，走狗烹"的道理。就在勾践准备盛大庆功大典的时候，范蠡悄然离开了勾践，与西施夫人泛舟齐国，下海经商。范蠡施计然之计，三聚巨财，三散巨财，被当地民众尊为财神。

史学家司马迁称："范蠡三迁皆有荣名"；世人赞誉范蠡为："忠以为国，智以保身，商以致富，成名天下"。

范蠡淡泊名利、急流勇退的智慧为后世所景仰。勇退效应，影响千秋，惠及后世。

张良是帮助刘邦夺取天下的主要功臣之一，当汉朝一统天下、论功行赏时，张良辞退厚封、急流勇退、专心修道、静居行气，最终得到了比较好的结局。

唐朝李靖文武双全，出则为将，入是为相，为李世民建立和巩固政权立下了汗马功劳。李靖在国家太平时主动交出兵权闭门谢客,当国家需要时挺身而出,受命危难,陪伴皇帝几十年,得以善终。

急流勇退的智慧不仅在中国备受推崇,而且国外民族也十分崇尚。叶利钦在俄罗斯政坛以强硬著称,按照宪法规定,叶利钦可以成为俄罗斯跨世纪的总统,但是他却出人意料地在20世纪的最后一天,将权柄提前交给了47岁的普京总理,得到了世界的积极评价。

河北大午集团创始人孙大午提前退居二线,将集团董事长、总经理职务让给了年轻人,自己只担任监事长职务,行使监督权利,掌握"刹车权"。江苏黑松林粘合剂厂老板刘鹏凯将自己定位为教练角色,将企业经营权交给了年轻人,自己的主要时间和精力从事企业文化研究,近年来每年都有企业管理和企业文化专著面市,将创业经验和管理智慧与社会分享。

急流勇退不愧为人生的大智慧。

退避三舍

——谈古论今之十八

"退避三舍"的典故出自春秋时期晋文公。晋文公又名重耳，流亡19年后回国执政，是春秋时期继齐桓公之后的第二位霸主。

晋文公的父亲晋献公在讨伐骊戎时得到骊姬和少姬于两位美女。骊姬奸猾诡诈、献媚取宠，骊姬生子名奚齐。子以母贵，奚齐深得献公喜爱。骊姬欲让奚齐取代太子，便使出毒计，陷害太子申生。骊姬在太子申生供奉给献公的胙肉中下毒，诬陷申生太子欲杀父篡权。糊涂的献公信以为真，申生有口难辩，自缢身亡。重耳、夷吾听闻太子申生惨遭后母骊姬迫害，纷纷逃往国外，踏上了流亡之路。

重耳在流亡的19年间，饱受凌辱，常常食不果腹。一次饿得奄奄一息，靠随从介子推割下大腿肉充饥才得以活命。当重耳一行经过长途跋涉来到楚国时，楚成王早闻重耳是当时的贤人，便远迎重耳，安置重耳居住在郢都，并三日一小宴五日一大宴，与重耳共论天下，相谈甚欢。

有一日，楚成王在酒宴中问重耳："我待你如何？"重耳答曰：

"甚厚！"楚成王又问："他日若君返国，将作何报答？"重耳思忖一会，答道："若返国，皆君之福。倘晋、楚对战于中原，我必然退避三舍，以报厚待之恩！"

楚令尹子玉劝说楚成王杀了重耳，免遗后患。楚成王却认为重耳是一个既讲仁义，又有本领的人才，晋国权柄终为其执掌，没有采纳子玉的建议。

重耳终于在秦穆公的支持下回国执政，为晋文公。晋文公在狐偃、赵衰等大臣的辅佐下进行了一系列政治和经济改革："安排百官、赋职任功、轻税薄赋、施舍分寡。救乏振滞、匡困资无、轻关易道、通商宽农。举善授能、官方定物、正名育类。昭旧族、爱亲戚、明贤良、尊贵宠、赏功劳。"

经过对朝政大刀阔斧的改革，晋国已跃入强国之列，然而文公之志不仅如此，他志在称霸中原。晋国国内安定以后，晋文公便开始了一系列的对外战争和外交活动。对于晋文公称霸具有决定意义的是晋楚"城濮之战"。

公元前633年，楚成王率楚、郑、陈、蔡、许等国军队围攻宋国，宋国向晋国求援。晋文公抓住这个时机，立即进行战前准备，首先派兵攻打楚国的盟国曹国，活捉了曹共公。

晋、楚两国在城濮交兵，晋文公履行当年的承诺，命令晋军退避三舍，当时晋军将领难以理解，狐偃等向将士们解释了其中缘由。晋军后退90里，在城濮占领有利地形，迎战楚军。楚军统帅令尹子玉求战心切，以为晋军胆怯，挥师追击。晋、楚两军在城濮展开决战，结果楚军大败，子玉也因败自杀。

晋文公以周天子之命，召集诸侯，在践土举行了盟会，史称

"践土之盟"。从此晋文公便成为春秋时代的又一位霸主。

孔子听说后,对晋文公的守信给予了高度评价。晋文公的退避成为一种效应,对后世影响深远。

讲究诚信是著名晋商乔致庸获得成功的重要因素之一。乔致庸的经营理念是"信义利",他把"诚信"放在第一位,而将"盈利"放在后面,并付诸践行,深得人心。

托起同仁堂这块"金字招牌"的基座则是"炮制虽繁必不敢省人工,品位虽贵必不敢省物力"的诚信文化。

著名的三鹿集团因危害消费者的"三聚氰胺"事件而导致破产。美国华尔街纳斯达克股票市场公司前董事会主席麦道夫,因设计庞氏骗局败露而要在监狱里度过他的凄惨余生。

晋文公的退避效应将在当代发扬光大。

欲壑难填

——谈古论今之十九

欲壑难填是一句人们熟悉的成语。这句成语出自《国语·晋语八》："叔鱼(又叫羊舌鲋)生,其母视之,曰:'是虎目而豕啄,鸢肩而牛腹,溪壑可盈,是不可餍也,必以贿死。'"叔鱼刚生下来的时候,他母亲仔细看后,说道:这孩子虎眼猪嘴,鹰肩牛腹,溪壑尚有盈满的时候,他的欲望却不会得到满足,将来必定贪财受贿而死。可谁知一语成谶,不幸而言中。

叔鱼掌权后带领军队为国家立过不少战功,也暴露了他的贪婪本性。叔鱼手握刑狱大权,徇私枉法、以权谋私。他在处理雍子和刑侯的官司时,接受了雍子的财色贿赂,不问是非曲直,宣判雍子无罪,邢侯有罪。邢侯一怒之下,杀了叔鱼并暴尸街头。叔鱼执掌司法,却任意践踏法律,贪婪卖法,最终落了可悲的下场。

我国有句贤文叫作"溪壑易填,人心难满"。意思是溪流和沟壑容易填满,而人的欲望则永无止境。这句贤文利用对比的手法说明人心难满。溪壑从外形上看比人心大得多,但填平溪壑比较容易,因为其容量是相对固定的。填海造地、填湖造田早已在人们手中成为现实。人的欲望则是无限的、难以满足的。"得寸进尺""得陇望蜀""人心不足蛇吞象"等成语流传久远。

　　相对于人的无限欲望，社会资源总是有限的。如何才能化解有限和无限之间的矛盾呢？能否满足人的欲望不在于物质和精神需求的数量，而在于自我满足的感受程度即知止知足。一些人整天牢骚满腹、怨天尤人、闷闷不乐，其实不是拥有的太少，而是奢望追求的太多。如果不能淡泊名利、知足常乐，调整好心态，永远也不会有幸福感，还有可能带来灾祸。一些官员享受着人上人的尊荣，却不履职尽责为选民服务，忠组织之事，而是利用选民和组织赋予的权力谋取私利、中饱私囊，并且贪得无厌。被私欲异化了灵魂，突破了底线，必然会走上人生的险境穷途。如贵州省交通厅原厅长卢某通过控制招投标，每条高速公路开工，都是他非法敛财的机会。回扣额一般为总工程造价的3%左右，先后索取了大量工程回扣款，如果以他违纪违法总金额除以他任交通厅厅长的天数，平均每天的非法收入达到28000多元。可谓"日进万金"。卢某平日生活极端奢侈糜烂，平日几乎不在家吃饭，经常吃鲍鱼和鱼翅，每餐的花销几千上万元。出门四星级以下宾馆不屑一顾，坐飞机要坐头等舱，包的是总统套房。卢某为金钱所累，为了规避风险，他往往是存了又取，取了又存，将108万美元藏在安徽老家灶台后的夹墙里。当调查人员取出来的时候，有的已经发霉。他收受别人送的房产，有的不仅没有住过而且没有看过。卢某涉嫌非法收入达6000多万元，2004年5月被法院判处死刑。

　　正如古语所说："欲而不知止，失其所以欲；有而不知足，失其所以有。"以权谋私、贪赃枉法带给叔鱼和卢某们的只是短暂的快感，导致的却是人财两空的悲剧。叔鱼和卢某这两本反面教材给世人带来了许多深思与启迪。

知雄守雌

　　知雄守雌，这句古语出自《道德经》第二十八章。原文："知其雄，守其雌，为天下奚。"古人讲究阴阳协调，雄为阳为刚；雌为阴为柔，这里的"奚"与"溪"通，意指处下之江河。知雄守雌的意思是：深知本性雄强，却谦虚低调，守持雌柔，将会人心所向，众望所归。

　　每个人都希望成就事业，实现人生价值。而成就事业，实现人生价值的路径却千差万别。有些人习惯于自我张扬，处处展现强势，虽然天资聪颖、条件优异却事与愿违，败在途中。如三国时的周瑜，可谓文武双全，年轻得志，而他却目空一切，心胸狭窄，容不得智慧和能力比他强的人，在吴蜀联合抗曹的过程中屡次陷害诸葛亮却智慧不及，最后被诸葛亮三气而亡，英年早逝，留下了莫大遗憾。汉文帝刘恒为庶出，其母亲薄氏为刘邦后娶的妃子。然而薄氏深谙黄老之道，知雄守雌，处处低调。当时吕后把持宫廷，整个后宫被明争暗斗、刀光剑影、险象环生的气氛所笼罩。为了避免宫廷争斗，免遭吕后陷害，薄氏主动向刘邦提出离开繁华宫廷，带着年幼的儿子驻守贫瘠荒凉的代地。到了代地后，薄氏精心培育代王刘恒，让他接受传统文化教育，加强心灵修养，增长人生智慧。后来陈平、周勃等老臣韬光养晦，灭了吕氏家族，还权于刘氏。当时刘邦有代王刘恒、齐王刘襄、淮南王刘长三个儿子。在选定谁当汉朝皇帝问题上，老臣们颇费了一番思量。他们深知外戚强盛既对刘氏不利，也会对老臣们带来风险。因刘襄、刘长的母亲不贤加之外戚势力过于强大而被老臣们否决，最终母贤、外戚势弱、谦虚低调的刘恒成为汉朝的接班人，刘恒即汉文帝，他不负众望，与儿子刘启即汉景帝创造了后世称道的"文景之治"。

刘邦的重要谋臣张良可称为智慧化身，有许多关于他的故事在后世流传。其中有这样一个故事。张良在博浪沙谋杀秦始皇未果，便逃到下邳隐居。一天，他在镇东石桥上遇到一位白发苍苍的老人。老人把鞋子踢到了桥下，便叫张良去帮捡起来。张良开始不情愿，但见他年老体衰，便克制住了怒气，到桥下帮他捡回了鞋子。谁知这位老人不仅不道谢，反而伸出脚说："替我把鞋穿上！"张良怒从心生，心想"我帮你把鞋捡回来了，居然还得寸进尺，还要我帮你穿鞋，太过分了！"张良正想脱口大骂，但又转念一想，干脆好人做到底。于是替老人穿上了鞋子。张良的恭敬，赢得了这位老人的首肯。后经过几番考验，这位老人终于将自己用毕生心血注释而成的《太公兵法》送予张良。

张良得到这本奇书，日夜诵读研究，后来成为满腹韬略、智谋超群的汉代开国名臣。张良的这个故事对"知其雄，守其雌，为天下溪"做出了生动诠释。

社会越进步,经济越发达,越离不开团队的配合,仅靠单打独斗,个人能力再强也成不了大事。一个人的成功,不在于他拥有多少资源,而在于他能够支配多少资源。在与他人打交道的过程中,凝心聚力的主要因素不是个人有多么聪明、有多大能力,而是靠品德和心胸。谦虚低调、心胸开阔的人犹如处下之江河,能聚百川之水,纳千溪之流,有容乃大。同仁堂、华为、海尔、蓝星等企业之所以能在激烈的竞争中脱颖而出,是因为这些企业能够顺应历史潮流、适应时代特色,在弘扬中国优秀传统文化的同时,学习借鉴西方现代管理经验,并且借鉴全球最佳实践,引进职业经理人,调动了员工的积极性。

　　知雄守雌,不仅是一种高尚的品德,而且是一种大智慧,它可以穿越时空、光耀历史、惠及当代。

吹波助澜

　　建华以诚待人，以文会友，结识了一批志同道合、肝胆相照的文友。我们之间经常交流，相互学习、分享资源。建华在文学的道路上曾得到许多良师益友的帮助，建华也经常鼓励文友增强自信、激发潜能、坚持写作、出版作品，使一批文友成为书市的生产者，其中有些文友收获颇丰、名声大振。近年来，一些文友邀请建华为他们出版的作品作序推介，使建华有了先睹为快的机会。每写一篇序言都要认真阅读、深入思考，相当于命题作文，对建华来说无疑是一次次良好的学习机会。每读一本作品都会走进文友的内心世界，都会为他们的思想、智慧、胸襟而感动，为他们的才华、美词而敬佩。从而吸取正能量，激励前进。如果通过建华的作序推介，能够扩大作品影响，多一些读者，是我所乐见之善事。

雪操冰心

冷雪华先生的心血之作《春雨集》邀建华作序,使建华倍感为难,因自知才疏学浅、德薄位卑不堪担当,无奈于雪华先生真诚之邀,加之与雪华先生有着相识、相处、相知的特殊情缘,故无推辞之理,只好惶恐为之。

论诗首当论人

建华于20世纪90年代,在雪华先生担任化工部星火化工厂办公室主任期间任办公室副主任,协助雪华先生工作达5年之久。在此期间得到雪华先生的关爱呵护、帮助支持。从雪华先生身上学到仁爱、宽容、敬业、奉献,尤其是任劳任怨、顾全大局的人格与品德,这些稀缺的精神营养转化为建华职场成长的健康基因。

3000多职工的化工部星火化工厂,因配套"两弹一星"于20世纪60年代而诞生在江西的云居山下魔港沟畔,其骨干由来自全国各地的"根正苗红"的化工研究院所、生产企业管理人员及江西本地退转军人构成,可谓人才济济、藏龙卧虎。办公室是企业的神经中枢，办公室主任需要起草重要材料、协调多方关系、处理棘手难题，最难的是协调领导之间的关系。雪华先生在办公室主任岗位长达十年之久，为此付出了多少心血，化解了多少难题只有云山明月、修河晨曦可以作证。

由于我们价值观念趋同，5年间，建华始终是雪华先生坚定的支持者和可以交心的人。我们之间配合默契，不仅是工作上的上下级，而且是生活中的朋友。我在雪华先生家蹭过不少饭。雪华先生夫人樊凤香大姐温婉贤淑、兰质蕙心、待客热情，做得一手好菜，想起那肥而不腻的修水腊肉至今仍回味无穷、口留余香。

星火化工厂于1996年加盟蓝星公司，任建新总经理在星火厂领导再创业工作达半年之久，先后恢复了老装置生产，试车多年未能正常投产的万吨有机硅工业试验性装置实现了正常生产，使处于困境中的星火化工厂步入了发展轨道。建华于1997年调北京蓝星公司总部工作后，回星火厂较少，与雪华先生见面的机会不多，主要是电话与短信交流。2011年正值全党开展"创先争优"活动，建华受任建新总经理委派前往星火厂采写为国防化工和有机硅工作做出突出贡献的星火人，在星火厂先后采访了70多位星火人，其中包括雪华先生，此后撰写了长篇报告文学《牛的精神——来自江西星火有机硅厂的报告》并在多家媒体发表。建华在采访期间，雪华先生偶然谈起，任总在是否调建华到蓝星公司工作之前曾征求过他的意见。雪华先生对建华的为人处世给予了客观评价和充分肯定。正直而知情的雪华先生的一席话，帮助了任总的用人决策，也改变了建华的人生轨迹。十多年后才解开这个秘密，可见雪华先生的正直人品与崇高人格。雪华先生长期身居要位,他的正直与善良庇荫福泽了多少年轻人?还有许多谜底没有也许永远不会揭开。雪华先生的学识与人品得到星火厂职工以及与他有过交集人士的广泛好评。雪华先生退休多年之后,任建新总经理在星火厂调研时,百忙之中专程前往雪华先生家中看望他,并且自己出资购买一台笔记本电脑送给雪华先生,足见任总对雪华先生的敬重与褒奖。

春节期间,建华到雪华先生家拜年时,他高兴地领我到书房,打开任总送他的笔记本电脑让我浏览了近年写下的诗歌与散文,其中对《赠吾妻五十八岁生日兼题照》"携手人生笑沧桑,三十八年苦亦甘。东皋弱竹经风雨,西塘老树傲雪霜。情深犹同修水曲,恩重恰似云山樟。不信来世续连理,愿依青山相伴长"进行了解读。在与雪华先生的交流中,他多次谈及对任总的感激。

一台笔记本电脑对于早已进入退休生活的雪华先生来说是带来了一种新的理念,注入了一股奔腾激情,开始了一种全新生活。甚至可以发问:《春雨集》的问世是否与这台笔记本电脑有关?留给雪华先生自己作答。

雪华先生是星火厂创业时期的第一代星火人,他是江西本土职工中的佼佼者,从普通工人一步步成长为中层干部、厂工会副主席、副厂长。在北方人居主导的领导班子中,雪华先生是进入厂级领导层为数不多的本土人。难能可贵的是,雪华先生由副厂长调整为办公室主任后,仍然毫无怨言、忠于职守、一如既往地奉献他的聪明才智与责任担当。如果没有淡泊名利的胸怀、洞明世事的智慧是难以做到的。

以上的冰山一角,足可显示雪华先生的人格修养与处世智慧。

人正文方秀，言近旨才远

雪华先生的诗歌与散文犹如修水深山茂林中涌出的山泉溪流，清澈透明、雪操冰心、回味甘甜。他用雪碗冰瓯托出了故乡眷恋、时代变迁、仁爱情怀、桑梓亲情、感恩之心及哲理思考。如春雨润物无声、若清风驱逐雾霾、像阳光照亮心灵、似钙片强身健体。

雪华先生桑梓在修水，修水在我国文坛上享有盛誉，尤其是宋朝黄庭坚树立了一座文学与书法的丰碑。雪华先生的先祖曾与黄庭坚交往甚厚，互有诗文往来。雪华先生身上传承着先祖的文学基因并且不时激发奔放。从学生时代的文学青年，到参军入伍，复员进厂，无论岗位怎样变化，工作怎样繁忙，处境何等艰难，诗文创作从未间断。记得建华在20世纪90年代任《星火报》首任总编时，经常编发雪华先生的诗文，尤其是格律工整的古诗令我们编辑敬佩不已。

收入《春雨集》最早的诗歌形成于20世纪60年代，而追记散文则发端于孩童时代。《故乡》《父亲》《玉姐》《外婆家的故事》《魂归故里》《话愁》等散文体现出华亭鹤唳的情怀和遗华反质的文风，记录了那个特殊年代乡村发生的故事。刚建立的新中国，一穷二白、百废待兴，物质贫乏、生活艰辛充盈着中华大地。地处修水东皋、西塘山区的乡民艰苦尤甚，多数乡民常常为一日三餐发愁，青黄不接时，不少人家靠野菜和借粮充饥。然而，物质生活的贫穷、生活的艰辛，没有改变乡民的善良与仁爱，因为这里世代相传着仁义礼智信的纲常和乐善好施、扶危帮困的传统。正像文天祥《正气歌》中所言"时穷节乃现，一一垂丹青"。雪华先生记载的父亲、玉姐、外婆就是这个时代社会普通百姓面对灾难、困苦仍然仁爱、善良、诚信与坚韧的代表,这就是中华民族历经磨难而不屈服的缘由,这就是中华民族文化和精神的缩影。

今天的年轻人应当感谢新的时代,为我们带来了吃穿不愁的现代生活。也许蝉不知雪,但不要以为雪华先生文中描写的故事是天方夜谭,要懂得,那是一段真实的历史。只有不忘历史,才能开拓未来。当读懂雪华先生的诗文,相信会少一些愤青及愤青言论,会多一些理性后人。

雪华先生的诗歌涉猎广泛,涵盖多维。让我们借来清风翻开以下诗篇,领略其秀美文字和怡人意境。

游览感怀,如《井冈行》诗中的"车行千里尽秀色,日照五井生岚光。松涛如喊风如号,鹃花似血竹似枪"。

悼念亡友,如《哭元生》诗中的"闽江犹闻君豪笑,赣北青山添新坟。曾经同衾论国事,如今何处觅音容?"

人间亲情,如《同两孙照片有感》诗中的"林间老叶盖枯苔,喜看新苗破土栽。阳光雨露勤浇灌,他年或作栋梁材"。

人生感悟,如《退休生活答友人》诗中的"漫道老骥思千里,且看落日伴晚霞。日日锻炼体格健,餐餐感恩心态佳"。

哲辨思考,如《生日感怀》诗中的"岂为身谋图玉食?归来布衣复何求?难怪当年恒司马,金城折柳泪潸流"。

……

足见雪华先生古诗格律规范、遣词神工、意境隽永。

雪华先生不仅善于古诗,而且现代诗歌功力深厚、技巧娴熟。他在为星火厂厂庆四十周年而作的长篇配乐诗朗诵《创业颂》,由郝晓鸣女士担纲在厂庆四十周年晚会上朗诵,一举夺得一等奖桂冠。

雪华先生冰魂雪魄、为人低调、处世谨慎。犹如深山幽兰,其芬芳很少外扬。

春节期间,建华回老家永修过春节,盛邀雪华先生及燕青、金龙、凯旋等好友到我家"积贤楼"相聚,并赠送《近悦远来》诗集。期间,建华建议雪华先生整理出版诗集与更多读者分享。当时,雪华先生仍有所顾忌,总觉得自己的古诗在格律与平仄方面还不合古意,怕出版之后让方家贻笑。就此,建华与其交换了一些个人想法,建华谈道:孟子论诗时曾经说到"诗者不以文害辞,不以辞害志"。有学者研究表明,即使唐宋著名诗人,也有违背平仄格律的佳作流传后世,人们更多欣赏的是诗词的意境意象,而较少责备他们的诗工。诗歌的主要功用是记载一段历史和自己的心路历程,留给后人一份纪念。建华的此番拙论,似乎消除了雪华先生的禁锢,为其最终决定出版《春雨集》起到了一定的催化作用,这也是建华十分欣慰的事情。

此后,雪华先生与建华常有诗文互动,雪华先生的电子版诗集初稿于2014年5月发给了建华,读后深深为他的人品和才情所打动。建华将《话愁》等诗文推荐给了《信息早报》编辑薛雅萍女士,雅萍编辑也为雪华先生的美文点赞,《话愁》一文即安排在2014年6月3日《信息早报》的《文化副刊》发表。

2014年以来,雪华先生诗兴大发、文如泉涌。2014年5月20至28日,雪华先生偕夫人樊凤香旅游台湾,十日之内含英咀华、雪泥鸿爪,一不留神吟成十多首玉诗,不可不谓高产。

韶华如驶、春华秋实。回眸往诗，已记录了雪华先生七十年的人生足迹，也给后人留下了阅读先辈巨著的索引，相信后人会引以为自豪、踵事增华。

雪华先生富有激情、治诗严谨，常常为一句诗一个字而冥思苦想、辗转反侧，即使是夜深人静时偶得佳句也起床记之，无愧于现代贾岛。《春雨集》的出版不仅是雪华先生的喜事，也是星火人以及更多人的喜事，建华有幸先睹为快、受益在前，在此瑾以《雪华诗文传世》为题赋小诗以表祝贺！

> 雪泥鸿爪凝烟云，华星秋月显真情。
> 诗以言志循大道，文如其人追冰心。
> 传神写照弘正量，世道史册留丹青。

生理年龄不等于心理年龄，期待坚守正直善良、充满文学激情的雪华先生在圆梦中华民族伟大复兴的岁月中有更多更好朝华夕秀的诗文面世，为伟大时代增锦添绣，为中华文坛增光添彩！

我们期待着！

短歌余音

　　我与张恭春兄相识三十余年，他于我亦师亦友亦兄长。三十年于历史长河仅是瞬间，而于人生尺度则不算短。用久的茶杯会结垢，久酿的友情多醇香。

　　记得，2013年恭春兄来北京时告知我有出版诗集之愿望，拟请中国人民政治协商会议第十一届全国委员会常务委员、文史和学习委员会主任、国家行政学院原党委书记陈福今先生题写书名，拟约我为之作序。闻听此言，深感惶恐，表示自己才疏学浅岂敢为大作作序。但恭春兄心意已决，并道出了约我作序的诸多理由，且都是我无法推辞之由。恭敬不如从命，不妨借此金台玉山，发我真情之声。

　　恭春兄出自江西玉山世界自然遗产三清山之山谷（县城的人称他们为山肚子里的人）。他如同一块宝玉，带着淳朴、清雅、坚韧、温婉走出幽静山谷，迈向大千世界。

　　恭春兄少时聪明好学、仁爱孝顺、善解人意。他奢侈地呼吸着富氧，饱览着山色，闻听着鸟啭，尽享着山神水仙的慷慨恩赐。

但有些城里人却看不起这些生活在山肚子里面的人，每当听着他们难懂的闽南方言，看着他们不入时髦的着装，总会投来鄙视的目光，这样的感受至今仍然镌刻在他的记忆深处。他发誓要走出大山，拥抱外面的世界，做一个让人看得起的人，但又常常被清贫困绕，为自卑侵扰。

据恭春兄回忆，促使他驱散自卑、拾起自信的是同他一样出生在山肚子里面讲闽南话的颜纯火大叔当上了玉山县委书记。从此，颜纯火成了他心目中的偶像，信仰的力量。自卑不再侵扰，自信油然而生。

《周易》曰："天行健，君子当自强不息"；诸葛亮有言："恢弘志士之气，不宜妄自菲薄"；徐特立先生说："任何人都应该有自尊心、自信心、独立性，不然就是奴才"。

恭春兄的心路历程和职场生涯是中华民族的自信自强禀赋的鲜活案例。

他在人才济济的化工部星火化工厂脱颖而出，从车间工人、科室干部、车间主任、干部科长，直到党委副书记、副厂长；他通过考试竞争获得了化工部管理干部学院脱产学习的机遇；他在大上海的大公司担任高管；他退休后被聘任中国化工企业管理协会副秘书长、《化工管理》杂志社副社长兼华东记者站站长、上海市各地在沪企业（商会）联合会副秘书长兼《东方商荟》执行主编。在我的印象中，无论在什么地方，什么岗位，恭春兄总是珍惜机会、专心致志、敬业爱岗、取得佳绩。他不愧为玉山的骄子，星火的骄傲！

托起冰山的是海水之下的巨大冰基。恭春兄人生的成功，得益于他的仁爱、忠诚、谦恭。以仁爱之心待人,以忠诚之心敬业,以谦恭之心处世,因此,在他的人生路上绿灯相伴、友谊同行。

记得2010年的一天中午,恭春兄到中国化工集团公司看望我,正好在九楼楼道碰到任建新总经理。任总与他进行了简短交流。事后,任总辞掉了预定的接待,与任建明副总经理和我一起在公司食堂小餐厅陪同恭春兄共进午餐。席间,任总深情地回忆了在星火厂的创业故事,询问了他的工作生活情况。旧友相聚,交谈甚欢。

事后,办公室的同事问我,张恭春是一个什么人?任总怎么这样尊重他?我说,张恭春是当年星火厂的党政领导,并且分管供销工作,是为任总当年组织星火厂新老装置一次开车成功做出过贡献的人。任总是一个重情重义的人,尤其对艰苦岁月与他一起走过来的人都格外尊重。

2013年5月,中国化工集团公司原党委书记、中国昊华化工集团公司原总经理、中国化工企业管理协会会长王印海和中国昊华化工集团公司原党委副书记、中国化工企业管理协会常务副会长、《化工管理》杂志社社长王述纲一行前往江西调研,专程绕道到恭春兄老家看望他年迈的老母,使老人从心底感受到了一份醇厚的孝道和难忘的幸福。

恭春兄是一个出名的孝子,并且成为兄弟们的楷模。2011年,陪同年过八旬的老母游览北京,遂了老母亲天安门前留个影的心愿。

从大山里走出来的恭春兄,永远不忘敬畏山神、回报桑梓。他热心公益事业,履行社会责任。多年担任上海—玉山交流促进会会长,为乡友搭建学习、交流、互助的平台,为家乡发展提供力所能及的支持帮助,发起并资助建成了老家的村民活动场所。他还促成《人民日报》专栏作家朱建华采写长篇报告文学《巨蟒出山——中国江西三清山的申遗之路》,2009年12月29日在《人民日报》海外版整版刊发,在海内外引起巨大反响,为撩开三清山神秘面纱、提升三清山的美誉度发挥了积极作用。

星火厂原厂长马国桢退休后回归故里江苏常熟,恭春兄每年都会去看望老领导。马厂长常说,恭春聪明能干、有情有义,到上海成了热心公益的社会活动家。

恭春兄几乎每次来北京,都会约我相聚,每每能从他身上吸取正能量。他为人处世、奋发向上的品性一直是我学习的榜样。

我们同为诗歌爱好者,近年来,诗歌唱和频繁。或游览景点,或阅读佳作,或喜逢节日,我们之间通过短信或邮件相互分享诗作,有时还会相互唱和。恭春兄的诗工日渐长进,常有佳章锦句问世,为人生添彩,为盛世增光。

摘取其中的几首便可管中窥豹。

东方女神

神女梳妆几多时?含情脉脉出镜迟。

申遗忽如春风至,撩开面纱天下知。

大足石刻

蜀地灵杰天外天,龙争虎斗俱如烟。

大足石刻众生相,世界遗产留人间。

参观九八抗洪纪念碑

九八洪水史无前，武汉三镇命一悬。

百万军民生死战，八十昼夜转危安。

三峡大坝竣工日，万里长龙应无恙。

江汉平原云梦泽，水变清澈天更蓝。

梦哭先父

清风明月后山冈，阴阳相隔两茫茫。

三更扶枕忽大叫，几回梦中哭断肠。

北京贵人到我家

北京贵人到我家，山村寒舍生辉华。

八十老母身尚健，方言难语涌泪花！

恭春兄的诗歌少有艰涩、注重意境、语平意深、质朴隽永。
我在唱和中留下了一些对恭春兄由衷的敬意。

和恭春兄回星火感怀诗

玉山才子满腔情，华夏遍地倾心声。

老泉大器耀青史，恭春佳作飨友人。

起承转合文章规，加减乘除人生蕴。

不悔东隅多艰辛，但愿桑榆赏美景。

收悉恭春兄专刊会刊感言

鸿雁千里寄深情，字里行间听心声。

恰似璞玉出深山，宛若蛟龙腾云行。

丁家山上绘远景，魔港沟里献青春。

著文立说终生愿，修身为人德为邻。

贺恭春兄晋职

闻听张兄好喜音，管理杂志得荣升。

凝聚骚客有雅致，泼墨山水无限情。

名利过眼如浮云，舒心适意若洞宾。

当年文气今犹在，便是花甲仍青春。

恭春兄正如他的名字，一向为人谦恭。虽有出版诗集的想法，但总觉得欠缺平仄格律，深恐贻笑大方。我多次和他传送"诗歌重在遣词达意，讴歌人间真善美。善工平仄者可吟律诗，功力欠缺者可诵古体诗。律诗与古体诗都有其存在价值，都可成为传世之作""有学者研究表明，即使唐宋著名诗人，也有违背平仄格律的佳作流传后世，人们更多欣赏的是诗词的意境和意象，而较少责备他们的诗工"等信息。从而慢慢消除了他的顾虑，坚定了出版诗集的决心，从此角度来说，我乃促成恭春兄《闲趣短歌》面世的催化剂，甚感欣慰。

恭春兄是一个好学善学的人，我们有理由期待他更多更好的诗歌面世。在点亮实现中华民族伟大复兴中国梦的神州大地到处都有诗歌的素材，这个伟大时代需要更多诗人，需要更多好诗！

淡泊名利品自高,吟诗填词享天年

2008年冬天的一个周五晚上,我从中央党校回到家里,爱人金凤告诉我:"你给咱爸去个电话,他说有事找你。"我赶紧放下行李给老爸拨通了电话。

电话那头老爸说:"建华,最近我到了杜有垣老书记家里,他告诉我最近又有一本诗集要出版了,他要我跟你说,要请你为他的诗集写个序。"

老爸的话使我诚惶诚恐,我说:"杜老是我们县里德高望重的老领导,又是建昌诗社的名誉社长,我才疏学浅,怎敢为老人家的诗集作序呢? 建议杜老还是另请资历更深的先生为他作序吧。"

老爸却说:"我也说了这层意思。但杜老为了鞭策鼓励晚辈,通过为他写序,使家乡人更好地了解你,你就不要推辞了。"

看来难以推辞,只好班门弄斧了。

我与杜老结识缘于2008年,那年清明节我回老家永修扫墓,尽管行程安排紧张,但老爸一定要我去拜访杜有垣先生。

在永修期间,我曾听说过杜有垣先生,他不仅担任过永修县委副书记、副县长、政协副主席等政府领导,而且担任过九江氮肥厂党委书记。因同为化工行业,所以对杜老的名字并不陌生,但没有机会深入交流。

杜老看过我的贤文系列图书,由于杜老对贤文系列图书的高度认可,并与我老爸有言,如我回永修,一定要与我见面一叙。

2008年4月6日上午,我和三弟陪同老爸前往杜老家中拜访了杜老。杜老住在绿树掩映的县政协宿舍,由于宿舍有些年头,当年可能标准不低的宿舍,今天看来比较简陋。杜老家住有小院的平房。

知道我们到来,杜老夫妇到院门口热情迎接我们。经过父亲的介绍,杜老与我大有一见如故之感。我的贤文系列图书得到了杜老的充分肯定。杜老说:"《增广贤文》曾在永修乡村广为流行,有着深厚的基础。"杜老鼓励我继续做好贤文系列图书的写作出版工作,并认为这是弘扬中国传统文化的一件好事。

杜老七十有九,但精神饱满,谈锋甚健。

杜老出生在农民家庭,仅读过一年多私塾。参加革命工作后,发奋学习,不断进步,一步一个脚印,老老实实做人,勤勤恳恳做事,文化水平和工作能力不断提高,先后担任公社、县和厂领导,为党和人民做出过突出贡献,受到了组织上的好评和群众的爱戴。

难能可贵的是杜老从正处级领导岗位上退下来后,拒绝了当时盛行的老干部利用余热为自己谋利的诱惑,从退休的第一天开始,他就确立了晚年的生活目标:为中国诗坛增光添彩,焕发人生的第二青春。其实,写诗填词原本是他年轻时期的爱好,以前由于工作繁忙,不得不割舍心爱的诗词。他非常高兴退休后,有了创作时间和条件,能够实现自己的人生夙愿。

杜老说:钱财乃身外之物,够花就行,精神是无穷享受,永无止境。陶醉在字里行间,才是平生的最爱。杜老对钱财和文化的论述,折射出中国传统文化的底蕴和智慧,令我十分敬佩。

我们最感兴趣的话题是杜老的诗词创作。谈到诗词创作,杜老兴高采烈、春风满面,多次从书房里搬出他出版的诗集及收编他诗词的一本本厚厚的《诗词大典》。杜老送给我近年出版的《唱怀集》《感咏集》《晚霞集》等诗集。其中有许多新近发生的国内外大事都已入诗,比如台湾地区大选、嫦娥奔月、"两会"召开等。不能不令我等晚辈钦佩。

据杜老的夫人介绍,杜老生活很有规律,除了锻炼身体之外,每天要看几份报纸,收看晚上的《新闻联播》,接收大量的新鲜的信息。杜老作为一名老诗人,他不满足于在古文堆里咬文嚼字,而是关注时代风云,保持敏锐思维,并且随时采撷入诗。

由于勤奋和深研,他由一个学历不高的工农干部,历练为全国著名的诗人,建昌诗社名誉社长。近年来,杜老有大量的诗词在报刊发表,并被授予"全国百佳中华诗词家""首届中国国学奖——创作成果类金奖"等荣誉称号。在中华诗词文化研究所独家举办的"嫦娥奔月颂"全国诗人专题创作活动中,获得优秀作品奖。

读杜老的诗词不仅是一种艺术享受,而且是一种灵魂洗礼。如:

在高处立

环宇显多彩,供需各所求。

富贫呈万象,美丑斟去留。

腹纳持高洁,远观锐志酬。

欲穷千里目,更上一层楼。

享下等福

大千名利热,追逐闹纷尘。

生态呈甘苦,征程各费神。

荣华人羡慕,富贵烦忧频。

淡泊心恬静,健康福临门。

还有一些好诗句值得珍藏,如:"包容美丑乾坤大,兼听是非天地宽。"

杜老的好诗不胜枚举,我有幸细细品味。

有幸拜访杜老,是我这次故乡行的一大收获,是我灵魂的一次洗礼,也是对我精神的一次激励。

欣闻杜老又有诗集出版,甚为幸事。

我们常说,人生"三品":富、贵、雅。其实这三个字值得我们好好品味。

"富"是指人对财富的拥有。"富"相当于解决马斯洛需求层次的生存需求,即人生的基本追求。

"贵"是指拥有社会地位,受人尊重。"贵"者有权贵、业贵、品贵。"贵"相当于解决马斯洛需求层次的受到尊重的需求,即人生的高层追求。

"雅"是指高尚，不粗俗，如雅趣、雅兴、雅意。"雅"是一种精神愉悦，是通过自己后天学习修炼以后得到的精神享受。"雅"相当于马斯洛需求层次的自我成就的需求，即人生的最高需求。

雅与富、贵属于不同的层次，它们之间的区别主要表现在：富与贵是外界赋予的，有的可以从祖上继承而来，不在于自己的努力，而在于偶然的偷生；有的可以继承万贯家产；有的可以获得王侯爵位；偶然的机遇也有可能使人很快获得财富。比如在股市跑火时，运气好的人将几万元或几十万元投入股市，一年半载之后，有可能身价百万甚至千万，但偶然获得巨额财富对一个人的"雅"基本上不会有什么影响。"贵"一般建立在职务（古时称为乌纱帽）的基础上，而职务属于外界授予，主动权不掌握在自己手上。因此，大贵之人也不一定"雅"。"雅"则不同，追求"雅"是自己可以掌握的并且需要一个较长的过程，比如练就一手好书法非一日之功，没有十年八载达不到一定的水平。再比如，没有长期的修炼，不可能成为一名诗人，尤其是古体诗，需要对仗、讲究平仄，难度很高，需要潜心钻研并假以时日。

杜老不愧为儒者雅士，是达到了"雅"的境界的人，因此是值得我们尊敬的人。

我们衷心地祝愿杜老有更多的诗集出版问世，因为诗词而健康长寿，因为诗词而传递正能量影响后人，因为诗词而为尘世吹入一股清新之风！

是以为序。

尘世清风

栗文明先生嘱我为《省思十录》作序，我有幸先睹为快。此前已拜读过文明先生2007年出版的《梦影人生》和2011年出版的《相思的容颜》。这位"70后"的川人，在繁忙工作之余，竟然创作出有一定深度的社科专著和颇具功力的诗歌，令人敬佩有加。

谈到文明先生，还从一段相识的趣事说起。

那是2013年初春，应中国化工集团公司安排，我前往中昊晨光化工研究院采访调研，期间有缘结识文明先生。在与之深入交流的过程中，真实领略到文明先生浓郁的传统文化气息，已然感知到文明先生以中国传统智慧融入企业人力资源管理的收获与体会。文明先生赠我《梦影人生》和《相思的容颜》两本专著。阅读之后受益匪浅、肃然起敬。

在离开晨光院的前夜，院党政主要领导为我在院招待所饯行,我提请文明先生参加,因为我对这位有着传统文化底蕴和思想深度的朋友相见恨晚,希望有更多的交流机会。

席间自然少不了喝酒,文明先生三杯白酒下肚,便诗兴大发,即兴吟诵了一首以《叶建华好》为题的藏头诗:"叶待绿时花待开,建寅适卯会君来。华章迭彩飞雅韵,好风借力上高台。"

我非常感激先生的赠诗。顷刻,也趁着酒兴步其原韵即兴吟诵了一首以《晨光腾飞》为题的藏头诗:"晨星寥落放异彩,光耀华夏美誉来。腾龙在田筑垒土,飞跃攀登上高台。"

我与先生的即兴唱和,为晚餐助兴,共酿了一段诗趣。

此后我们之间通过QQ常有交流,我偶有小作,便发给文明先生雅正,也不时得到文明先生的唱和与鼓励。受文明先生之托,近期,忙里偷闲研读先生的《省思十录》,感慨良多,一边品味着文稿中的内容,一边回顾几十年的人生经历,使我沉入更深的思考……

我们所处的转型期社会,是一个科技领航的社会、一个高度竞争的社会、一个多元文化的社会。这些年来,随着改革开放的不断深入,以及经济的持续发展,一方面,科学技术正深刻地改变着传统的生产生活方式,带给人们更多的财富与便捷;交通与信息技术的高度发展大大拉近了人与人之间的空间距离,提高了学习、生产的时间效率,工商链条时代与世界一体化加剧了人与人之间、企业与企业之间、国与国之间的竞争程度。另一方面,一百年来由于中华传统文化不同寻常的际遇,数千年一脉传承的华夏根文化受到冲击,使我们在东西文化的激烈碰撞中彷徨迷失,无所适从。反观社会上那些为富不仁、为官不廉的情形,那些坑蒙拐骗、损人利己的情形,那些压力山大、焦虑不安的情形,那些急功近利、寡廉鲜耻的情形……诸如此类的种种表现,着实让人不胜惶恐,倒吸凉气。

在物欲横流的冲击和各种思潮的影响下,有人视婚姻为儿戏,视老人为负累,视他人为寇仇,视生命为草芥……多少夫妻反目,多少父子兄弟不相认,多少悖逆人伦的悲剧,多少伤天害理的恶性事件……理解、宽容、忍让,诸如这些曾经美好的词语,也已被这些人逐出人生的"字典"——如果人人私欲横溢,人人相争相竞,其结果必然是人人自危自损。

人们不禁感叹,这个时代怎么了?这个社会怎么了?

这是一个物质富有的时代,也是一个容易精神沦落的时代;这是一个令人欣喜的时代,也是一个容易令人迷乱的时代;这是一个科技日新月异的时代,也是一个容易心灵流离失所的时代……

在这个时代,科学技术固然是第一生产力,经济也固然是上层建筑的基础。但是在技术革新和经济发展的同时,如果不能筑下道德的根基,打牢思想的防线,找到心灵的归所,恢复人性的光芒,那么,无论多么好的技术和多么丰富的物质,也不可能带给人们心灵的喜悦和人生的幸福。而且长此以往,不仅会伤及整个社会的正常运转秩序,无限增加社会管理成本,甚至影响经济的长期持续发展,其本质无疑是乐极一时而无益长远的短视之举。

当今社会的文化与道德建设,如果不能与经济发展同步,就会越来越受到国人诟病,越来越侵蚀经济发展的成果,越来越危及民族的未来。一个民族的复兴,仅有经济发展是远远不够的,如果没有文化和道德支撑,犹如海市蜃楼、沙滩高塔。中华民族伟大复兴的中国梦已在中华大地点亮,路漫漫其修远兮,需要千千万万有志之士为之奉献、上下求索。

而文明先生就是这样一位隐于红尘中的思考者、求索者和奉献者。

先生犹如深谷幽兰,扎根在巴山蜀水之间,不时散发着阵阵清香。他以弘扬中国文化为己任,以传承中华智慧为追求,常年坚持读书学习,勤于笔耕,集腋成裘,煮海为盐;经常洞观世相,静虑冥思,探赜索隐,钩玄提要。他以中国文化为底料,以经史子集为旁征,以现代企业为案例,以幸福人生为目标,在人事、领导、企业、管理、文化、教育、智慧、道德、世相、养生十个领域开经拓纬、引经据典、思接古今、神游六合,为我们打开了一扇进入先哲思想堂奥的文化之门,揭示了自然社会、立身行事的根本之道,示现了一束束源于灵魂深处的幸福之花……文明先生的力作《省思十录》既如现代版的《警世通言》《喻世明言》《醒世恒言》,又如"咬定菜根香,寻出孔颜乐"的入门之径。

让我们试着品尝那些宛若甘霖的心灵鸡汤吧!

"没有仁爱之心的人,不宜做领导。因为仁爱是一切正面情感的圆心,圆心没有仁爱,其以工作权限为半径的圆周上,则只会附着负面情绪,从而招致负面结果。"

"古之学子,必先经书是读,以明恒常之理;尔后纬书是览,以应时事之需。今之学人,则往往舍经逐纬,流于迷糊,犹龙之无睛,人之无骨,而致有身难立,有目难视,于世难处,于功无补,不亦悲夫。"

"德为人之本，缺德，即缺失了人的根本，本失木枯，根死叶黄。"

"有些人官越当越大，钱越来越多，美女越来越多，应酬越来越多，听到的假话越来越多，所以堕落和失败的机会也越来越多。"

"工作要吃得苦，知识要吃得透，信息要吃得准，社交要吃得开，待遇要吃得亏，饮食要吃得淡。"

"妄作者妄劳，悖取者悖失；暴富者暴贫，横财者横祸。"

"心为里，身为表，表必依里；心为主，身为仆，仆必从主。故心净则身净，心好则身好。"

……

先生引领读者进入一座又一座幽静的仙山，经过一番攀登，驻足山顶之后，不仅可以领略奇异的蓬莱之境，而且可以时刻饱览瑰丽的荆山之玉——处处是修心开悟的宝藏，篇篇如清凉灌顶的醍醐。

先生是一位功力深厚的诗人，诗人的功力在《省思十录》中得到了充分展现。读者可以在阅读中享受诗歌的节律、文言的凝练、哲思的深邃……使人或遨游于智慧之海，或陶铸于炼心之炉，或徜徉于清凉之地，或沐浴于人性之光……

在点亮伟大中国梦的神州大地，在面对西风东盛、社会转型、世相繁复的今天，愿我中华儿女切莫妄自菲薄、盲目媚外，而要坚树文化自信之盾，深扎圣贤文化之根。在大力学习研究现代科技、现代管理与现代信息的同时，我们不仅要牢记古为今用、洋为中用的致用原则，而且更应当修炼吸纳古圣先贤的大谋略、大智慧与大境界。文明先生潜心筑造的《省思十录》可作舟为桥,帮助读者朋友析清为人之道,提升能力之法;引导读者朋友开启智慧之门,到达幸福之岸。

《省思十录》犹如纷扰尘世吹起的一缕清风,必将安抚与慰藉更多茫然迷乱、无归无助的灵魂,必将如先生自序所云"不负十年之沉思,以飨早生之华发"的醒世之汤。

只要开卷,必有裨益!

是为序。

水激则旱,矢激则远

我们所处的时代是一个大转型、大变革、大发展的时代,科技发展日新月异,经济全球化加快推进,市场竞争异常激烈,利润空间不断缩小。进入后金融危机时代,全球企业都面临转变发展方式、强化企业管理、提高竞争能力的严峻课题,对处于国际产业分工利润低端的中国企业来说尤其迫切。

企业的竞争在很大程度上是员工素质的竞争。员工的积极性(主动性、创造性)是员工素质的重要内涵。专家研究表明,员工积极性是否得到发挥,其工作效率相差几倍。

对于如何激励人,提高人的积极性,古今中外的先贤圣哲、专家学者和企业家做出了无数解答。我国有"水激则旱(古语'旱'通'悍'),矢激则远"的成语,意思是水得到激荡后会变得强悍威猛,以至海啸能卷走火车,应用现代激光技术能够用水切割金属;箭通过强力激发能够射得更远。中国兵圣孙子曰:"上下同欲者胜。"意思是官兵同心同德,上下齐心协力,就可以夺取战争的胜利。美国行为主义理论创始人华生说:"管理过程的实质是激励,通过激励手段,诱发人的行为。"美国心理学家马斯洛说:"人的基本需求是有层次的,满足低层次需求之后,又有高层次需求。"美国心理学家亚当斯说:"人的工作积极性不仅受其所得的绝对报酬的影响,更重要的是受其相对报酬的影响。"汽车大王福特说:"让每个人拥有一辆汽车";比尔·盖茨说:"在世界上建立一个让美国人可以骄傲的软件公司"。中国化工集团总经理任建新说:"要以人为本,做好员工职业生涯规划,提供多元上升通道,不断提高员工幸福指数。"阿里巴巴创始人马云说:"最重要的不是把自己搞得多好多强大,而是把客户做得越来越大,越来越强。"从以上论述中,我们品味到了激励之于成就事业和团队(企业)建设的重要意义。

激励伴随着人类的产生而产生,激励思想和理论随着社会和经济的发展而日渐成熟。"世界大同""志存高远""身先士卒""爱民如子"等东方智慧无不闪烁着激励思想的光芒。西方世界先后出现了马斯洛的需求层次理论、赫茨伯格的双因素理论、麦克利兰的成就需要理论、弗洛姆的期望理论、洛克和休斯的目标设置理论、亚当斯的公平理论等。激励理论发展的总趋势是由满足生存需求向自我实现深化;由外界情境向内心世界深化;由注重纵向发展向横向比较深化。激励是社会和经济发展的永恒主题。

每个有志于团队建设的人士,不可不重视、研究和践行团队激励。因为充分调动团队成员的积极性是每一个管理者的职能,激励团队成员、发挥积极效应是管理者的期望。当年罗文不讲条件,克服万险,把信送给加西亚,为今天的管理者津津乐道,甚至当作培训案例,但多数团队没有激励出像罗文一样敬业的员工。

何故？可能主要是缺少崇高的理想和管理者的示范。因此，要提高激励效果，培养出更多像罗文一样的员工，不得不更加重视文化激励和管理者的示范作用。

10多年来，李慧波老师潜心研究团队建设，不仅漫游书山，煮海为盐，创新理论；而且涉足戈壁，深入南海，采撷案例。自2003年以来先后出版了《团队精神》《团队执行》《高效能团队》《团队力量》等专著，广受读者好评，成为书市的畅销图书。我有幸捷足先登，先读了这本《团队激励》书稿。本书以团队为经，以激励为纬，重点论述了目标、期望、竞争、创新、参与、关爱、薪酬和文化激励的理论和方法。我相信前沿的团队激励理论和丰富的中外案例，加之娓娓道来的女性细腻，一定会使读者如沐春风、点头称是、受益匪浅。

团队激励是一个大课题，不是一本专著所能囊括，可能还有许多激励理论和方法未能涉及，因此也给读者朋友留下了想象的空间和探讨的余地。李慧波老师期待着与读者朋友们深入探讨，不断完善。

是以为序。

独木难成林

5000年的中国文化，为后人留下了丰厚的"人和""民齐""同心""同欲"的文化资源。这些文化资源构成了现代流行的"团队精神"的源头。今天的"团队精神"应当放在历史的大时空来讨论，无疑会增强悠远和厚重之感，去除虚无与菲薄之想。

《易经》说："二人同心，其利断金。"

孟子说："天时不如地利，地利不如人和"。

孙武说："上下同欲者胜。"

荀况说："民齐者强。"

先圣往哲的至理名言，既是对过往社会规律的沉思总结，又是对后人的谆谆教诲。同心同德、上下同欲、团结协作构成了中华民族的健康基因，成为避绕险滩、破浪前行的远航风帆。

人类历史上曾经辉煌过的四大文明，现如今古埃及文明、古巴比伦文明、古印度文明难觅踪影，无情有序的历史将他们的文明割断并将其文明之花存封。只有我中华文明历经千代、饱经沧桑、连绵不绝、万世流芳。

中华民族在发展过程中经历了无数的劫难和考验，但都没能压垮我们民族的脊梁，而被我们一一征服。

在日寇入侵、民族危亡的时刻，中华儿女前赴后继、抛头洒血、浴血奋战、取得胜利。在洪水肆虐、堤坝冲垮的时刻，人民子弟兵临危受命、冲锋陷阵、筑起长城、保护人民。在"非典"爆发、吞噬生灵的时刻，白衣天使横刀立马、不顾安危、施展智慧、击退病魔。在汶川震灾、山河断裂的时刻，全国人民奉献爱心、抢救生命、重建家园、播种希望。

历史也一再证明，当一个民族缺失凝聚力成为一盘散沙之时，也就是任人宰割遭受欺凌之日。中华儿女永远不会忘记殖民地半殖民地的伤痛。

在实现中华民族伟大复兴中国梦的进程中，更需要凝聚全民族的力量，需要世界人民的支持。一个国家是这样，一个企业、一个家庭又何尝不是呢？

十多年来，李慧波教授以中国文化之道，西方文明之术对"团队"这一专题进行了潜心研究，并取得了丰硕成果。她先后出版了《团队精神》《团队执行》《团队力量》《团队激励》等专著，受到读者广泛好评。近年来，李慧波教授结合新思考、新理论和新案例撰写了升级版团队系列专著，将会为读者朋友奉献精神套餐。

李慧波教授从多维度，多角度对"团队精神"提出了新的见解，值得认真品味。

"一个人再完美，也不过就是一滴水；一个团队、一个优秀的团队则是大海。一个人，一个公司，一个团队莫不如此。如果只强调个人的力量，你表现得再完美，也很难创造很高的价值，所以说'没有完美的个人，只有完美的团队'。"

"团队的效率有多高，并不是取决于团队中干得最好的那个人，而是干得最差的那个人。"

"在没有人要求、强迫的情况下，自觉、主动而出色地把事情做好的人，最容易得到领导的信任和重用；相反，只做领导交代的工作，或者连这种工作都做不好的人，会成为第一个被裁员的人，或者成为在同一个单调而卑微的工作岗位上耗费终生精力却无所成就的人。"

"事实上，职场中的胜利者并不一定是最聪明、能力最强、个性最强的人，而常常是具备一定能力，更重要的是尊重领导、与同事和谐相处、合作共事的人。"

类似富有哲理的名言警句可在《团队精神》一书中信手拈来，犹如心灵鸡汤滋养读者心灵。

我们正处在一个有梦想、有机会、有奋斗、能出彩的新时代，然而，一个人要想成就事业尤其是大业，不仅要发挥个人的潜能，而且要善于借力，即要融入团队、合作团队、激励团队。至于如何能够更好地融入团队、合作团队、激励团队，获取团队之道，不妨开卷李慧波教授的《团队精神》及系列，将会使读者朋友爱不释手、受益匪浅。

"独木难成林"是人们熟知的俗语，可谓言近旨远。这句俗语解读了团队的力量、团队的精神、团队的真谛。我们每个中华儿女不仅要做好一棵树，而且要形成一片林，护好一片林，以其特有的生机和绿色屹立于世界民族之林。

是以为序。

不争500强，要干500年

　　我国著名经济学家于光远先生说："国家富强靠经济，经济繁荣靠企业，企业兴旺靠管理，管理的关键在于文化。"改革开放30多年后的国人对企业之于国民经济、社会就业、大众民生的认识逐步深化。

　　一个国家要成为世界强国，不仅要打造富可敌国的跨国公司，而且要培育千千万万中小企业。缺少实力雄厚的跨国公司难以融入世界主流，体现国家实力；缺少千千万万中小企业，国民经济难以发展，民生就业就会遭遇瓶颈。随着经济全球化的深化，社会经济的发展，中小企业的地位和作用将越来越显现。

　　然而，我国中小企业的发展状况不尽如人意，其平均寿命不到3年。每天都有大量中小企业喜庆诞生，欢天喜地；也有大量中小企业破产关门，黯然失色。不成功的企业各有各的问题，成功的企业尽管行业不同，但在理念、管理、用人等诸多方面却有相似的经验。

　　如何找到这些共性，使中小企业健康发展、基业长青，是当今社会尤其是专家学者、企业家关注的重大课题，并且是一个不会有也不可能有标准答案的课题。可谓见仁见智、莫衷一是。

王福振先生长期从事投资管理和企业研究，对如何做大做强中小企业有着独到的视野和深入的理解，根据中西方管理理论，借鉴古今中外典型案例，提出了成功企业在发展过程中需要面对的180个共性问题。

本人有幸先睹为快，阅读了王福振先生《中小企业做大做强180问》的书稿。本书从管理、竞争、决策、用人、沟通、研发、质量、营销、财务、法律、谈判等14个方面探讨了180个问题，并进行了创造性解答。本书具有切合实际、覆盖面广、通俗易懂、对症下药等特点，能为有志于企业管理的读者理清思路、顿开茅塞、给出对策、趋利避害，从而受益。

今天的企业，即使在自己的家门口，也要经受国际市场的竞争考验，要面对激烈的竞争挑战。对企业来说，这不仅是对资金、技术、人才、管理等硬实力的考验，而且是对企业家眼光、心志、品行、抗挫等软实力的考验。读者朋友可从《中小企业做大做强180问》中找到有益的答案。

2013年6月，我前往江苏泰兴黄桥参加了"全国首届企业文化经典案例示范交流暨'心力管理'现场会"，期间与黑松林粘合剂厂有限公司董事长刘鹏凯先生进行了深入交流。他提出并践行的"心力管理"理论受到国内外专家学者和业界的关注与好评；他提出"不争500强，要干500年"的理念，为我国浮躁的企业界吹入了一股清风；他让党旗在民企高高飘扬，以民为本、绿色环保、和谐发展的正能量传向四面八方。

实践反复证明,中小企业做大相对来说比较容易,做久则比较难。做大主要在于机遇和爆发力,做久则取决于健康基因和耐力。每家基业长青的企业都有其独特的管理与文化。中小企业基业长青这个课题需要更多的人来研究,来书写。王福振先生为我们开了一个好头,让我们集思广益、广开言路,共同书写中小企业的美丽华章!

是以为序。

首善尚文

北京乃首善之区和文化中心，举国关注、全球瞩目。2014年是企业界值得纪念的年份，《文化引领——北京市企业文化建设示范集锦》一书付梓面市，从而开启北京市企业文化建设系列丛书的源头。

中华文明源远流长，中国文化福泽万邦。有专家预言：继欧洲推动了工业化、现代化为主导的文艺复兴运动之后，以传播真、善、美为主要内容的新启蒙运动已经来临，而这场新启蒙运动将以中国文化为主导。

习近平总书记说：近代以来，中华民族经历千年未有之大变局，但中华优秀传统文化不仅弦歌不绝，而且浴火重生，在马克思主义中国化的发展进程中，日益成为中国特色社会主义先进文化的重要思想资源，日益成为中华民族共有精神家园的重要支撑，日益成为新时代鼓舞人民奋勇前进的强大精神力量。我们要增强文化自信，中国梦深深扎根于中华优秀传统文化的沃土之中，实现中国梦必须充分汲取优秀传统文化的正能量。

企业文化作为民族文化的亚文化，是企业不断发展、基业长青的长寿基因。一个企业无论多么强大，如果文化基因出了问题，那么终将逃脱不了衰败的命运。安然公司、雷曼兄弟、秦池酒业、三九集团等都为这一命题做出了生动诠释。同仁堂之所以300年兴旺长青，托起其金字招牌的是："炮制虽繁必不敢省人工，品味虽贵必不敢减物力""修合无人见，存心有天知""一视同仁，童叟无欺"的诚信文化。企业文化之于企业生存发展的作用越来越受到人们尤其企业家的重视。有一位知名企业家做出这样的判断：一个企业靠技术可以管三五年，靠制度可以管八九年，要想基业长青就离不开企业文化。

　　近年来，北京企业在企业文化建设方面标新立异、开拓创新、精耕细作，涌现出了北京银行、同仁堂、北京公交集团、慈铭集团、北京二商食品公司、北京地铁公司等一批先进示范企业。他们在企业文化建设中的突出成就得到业内好评、受到专家点赞、得到上级肯定。

　　"一花独放不是春，百花盛开春满园。"为了将企业文化的星星之火，形成燎原之势，北京市国资委、社工委、投资促进局、企业文化建设协会、《中外企业文化》杂志社等单位戮力同心组织了企业文化建设示范单位评选活动，其中具有特色的33家企业入选。评审组组织专家学者、新闻记者前往这些企业深入采访、煮海为盐、研精覃思、集腋成裘，汇成此美文鸿篇。其中的经验做法将会对其他企业提供遵循与借鉴，将会为北京乃至全国企业文化建设起到示范与促进作用。

　　俗话说："万事开头难。"北京市企业文化建设系列丛书的开启,得到了北京市委、国资委、思研会、企业文化建设协会等领导的热情关心和鼎力支持,得到了专家学者的倾心指导和智慧滋润,得到了广大企业尤其是33家示范企业的积极配合、传经送宝。广大读者将会开卷有益,启心添智。

"长风破浪会有时,直挂云帆济沧海。"企业文化建设任重道远,只要起步,必至远方。

《大学》曰:"苟日新,日日新,又日新。"中华民族是一个勇于创新的民族。我们有理由相信,在企业文化建设的征程上,首善之区的百年老企将传承光荣、开创新风;国有企业将跳出窠臼、谱写新篇;私营外企将发挥优势、勇立潮头,共同迎来企业文化百花盛开的春天。北京市企业文化建设系列丛书将以如橼之笔、书写丹青、存留史册!

是以为序。

众志成城

　　2004年,中国化工集团公司这艘航船承载着几代中国化工人的希望扬帆起航。7年来,穿越激流险滩,迎战狂风巨浪,向着胜利的彼岸破浪远行。

　　集团公司成立之初资产总额和营业收入仅有200亿元左右,在国际市场的大海中犹如一叶小舟。如今资产总额和营业收入已分别超过和接近2000亿元,成功重组6家海外企业,逐步融入国际市场,已经成为中国化工行业的航母,并且成为世界500强俱乐部成员,中国化工集团堪称中国企业发展史上的奇迹。

　　7年来,我们牢固树立科学发展观,坚持以人为本,把握行业发展规律,积极转变发展方式,大力调整产业结构,充分调动职工积极性,推动信息化、世界级制造、持续改进、法人集中、精益管理、班组建设等现代企业管理,不断夯实企业基础,提高员工素质,增强竞争能力。

　　工会组织围绕企业发展战略目标和中心任务,在完善企业民主管理、维护职工权益、加强队伍建设、提高职工整体素质、建设和谐企业等方面发挥了重要作用。中国化工的发展凝聚着全系统15万职工的智慧和汗水。

我们十分荣幸能够成为集团公司职代会代表，出席首届职代会会议，为中国化工的发展集思广益、献计献策。通过此次会议，我们目标更加清晰，任务更加明确，使命更加光荣，责任更加重大。

日出江花红胜火，春来江水绿如蓝。

我们每个代表犹如一粒种子，将在中国化工的沃土中生根、开花、结果。我们肩负着企业的希望、职工的重托，将努力贯彻落实会议精神，在集团公司党委和各级党组织领导下，强化主人翁意识，行使好代表权利，继续在企业发展、劳动竞赛、民主管理、维护职工权益、提高职工素质、构建和谐企业、提高职工幸福指数等方面履行职能，发挥作用，凝心聚力，开拓进取，为建设具有国际竞争力的世界一流化工企业而努力奋斗！

经典与国粹融合，灵魂与脚步同行

我与冯祺先生相识十年有余，他一直在探索文化产业化、产业文化化，曾进行过多种尝试，收获了许多经验与成就。近年来，一个具有国际化思维、注入跨界发展理念、利用互联网技术将中国传统文化启蒙读本和中国书画国粹融合植入涉外酒店的构想正在生根发芽。

丙申年春夏之交的一天，他带着由书法家王刚先生欧体书写的配有经典故事的《弟子规》读本初稿相约与我交流。他阐述了近年来所做的工作和未来的计划与梦想，并嘱我为《弟子规》读本作序。本人自知才疏学浅，难担重任，但推辞不脱，只好恭敬不如从命。

《弟子规》为清朝康熙年间秀才李毓秀所作启蒙读本，根据《论语》旨意，列述弟子在家、出外、待人、接物与学习上应该恪守的守则规范。《弟子规》共有360句、1080个字，三字一句，两句或四句连意，合辙押韵，朗朗上口。《弟子规》在我国家喻户晓、流传广泛、影响深远。

在中国传统文化复兴的当下，各种《弟子规》读本充斥书架，《弟子规》培训班到处开课。冯祺先生别出心裁的传播《弟子规》的创意将会是一枝独秀，受到海内外朋友欢迎。

人类四大文明（古巴比伦文明、古埃及文明、古印度文明和中华文明），其中的三大文明已中断消失，唯独我中华文明连绵不断并日渐复兴。一种文化（文明）之所以流传久远，必定有它的强大生命力和健康基因。

我国古人非常重视孩童的孝道教育、人格培养、规矩遵循。这些文化和基因成为民族危而不亡、社会和谐稳定、国家持续发展的精神滋养。

经过近40年的改革开放，我国经济获得了快速持续发展，已经成为世界第二大经济体，然而道德下滑、诚信丧失、环境污染、弃老虐老、制假造假、电信诈骗等增加了人们的危机感。要使人们的灵魂与脚步同行，经济发展与社会和谐统一，快速发展与持续发展相伴，不仅需要我国放眼世界借鉴全球最佳实践，而且需要从中华优秀传统中汲取营养古为今用。

青少年是祖国的未来。习近平总书记十分重视青少年道德品质培养和核心价值观培养。他有一个生动形象的比喻：就像穿衣服扣扣子一样，如果第一粒扣子扣错了，剩余的扣子都会扣错。人生的扣子从一开始就要扣好。

在全球化不断深化的今天，青少年在重视数理化、外语、计算机、互联网等知识学习的同时，要注重品德教育。"德者，本也。"蔡元培先生说过："若无德，则虽体魄智力发达，适足助其为恶。"道德之于个人、之于社会，都具有基础性意义，做人做事第一位的是崇德修身。《弟子规》的流行虽已经历300多年历史，时代已经发生了很大的变化，有些内容可能不合时宜，但多数内容是历久弥新具有生命力的，值得青少学习研读吸取营养。本书中的欧体书法属于国粹，如果读者能在研读之余临习书法，不愧为当下社会重视学生素质教育的喜出望外的雅事。另外，值得注意的是学习《弟子规》要得其精髓，切忌食古不化、拘泥陈法、死搬硬套。

弟子是一个多义词，并非专指孩童，其实，我们每个成年人又何尝不是弟子。《弟子规》也值得成年人学习、研读与践行。

我国孔子的"己所不欲，勿施于人"之所以得到全世界人民的认同，是因为人同此心，心同此理。人类具有普世价值与文化。《弟子规》也将和《论语》《孙子兵法》等经典一样受到世界各国有识之士的青睐。同时，《弟子规》和集韵增广的《增广贤文》一样是一个开放系统，期待我们补充新规。

实现中华民族伟大复兴的中国梦，弘扬好中国文化、讲述好中国故事、传播好中国声音需要中华儿女同心协力、添砖加瓦！为冯祺先生和他的团队的义举点赞！

拥抱创新探索

汤之盘铭曰："苟日新,又日新,日日新。"可见中华民族是一个勇于创新的民族。

化学工业不仅是国民经济的重要支柱行业,而且是产生新物质的行业。新中国成立尤其是改革开放以来,我国化学工业得到长足发展,令世界瞩目。许多企业在科技创新、管理变革、结构调整等方面取得可喜成绩。但总体来说,我们只能称为化工大国,还不是化工强国。我们在科技创新、管理提升、结构调整等方面任重道远!

实践证明,依靠高消耗、高污染、拼成本的粗放型发展之路已经走到了尽头;产能过剩、环境约束、资源紧缺已经成为化学工业发展的瓶颈;世界经济低迷、西方国家产业回归、贸易保护主义抬头,给我国化学工业的发展带来严峻挑战。

化解和迎接种种困境与挑战的主要良方是创新探索。

我们有理由相信:在发展低碳经济、循环经济、绿色经济、建设生态文明,实现中华民族伟大复兴中国梦的进程中,化学工前程似锦、大有可为。

"竹外桃花三两枝,春江水暖鸭先知。"《创新探索——中国石油和化工企业调结构转方式典型经验》一书汇聚了中外化工行业创新探索的先进典型、经典案例,这是一本值得宣传推荐的好书。

"一花独放不是春,百花齐放春满园。"期待各方同心戮力,将这些好经验、好典型在行业内广泛传播,让创新春风吹拂神州,探索春潮涌动华夏!

因此,我愿意推荐该书参评中国石油和化学工业优秀图书奖。

见贤思齐

人类是在相互学习借鉴中加速前进的。见贤思齐是我国一句流传久远，影响广泛的成语。见贤思齐这句话出自圣人孔子，成为后人修身养德的座右铭。见到好的榜样就努力赶上去，见到不好的就进行自省，从中吸取教训，不至于堕落下去。

文人风骨

——史学家章学诚的闪光之源

建华卒读了王作光（又名张中子）先生走访21个省市区，历时3年写成的，由作家出版社出版的32万字的传记《章学诚》一书，心灵受到了极大震撼。一个生活在清朝乾隆、嘉庆年间，逝去200多年的文人章学诚跃然纸上，不禁使我为他的风骨而景仰，为他的苦难而落泪，为他的欢乐而高兴，为他的成就而鼓掌。

章学诚在坊间的知名度虽不及纪晓岚、刘庸、顾炎武、王夫之、蒲松龄、曹雪芹、龚自珍等名人，但他在史学尤其在方志领域却树立了一座丰碑。他犹如上苍特意安排的史志人才而来到这个世间。他出生在书香门第，还未足月就急着要迈出人生的脚步，先天不足导致的病痛与他长伴，长相丑陋常遭他人耻笑。为了战胜病痛，弥补外在不足，他努力开发潜能，提升内在素质，一生勤奋努力，收获硕果累累。他先后主持修订了《麻城县志》《和州志》《常德府志》《荆州府志》《天门县志》等志书。他的代表作品《文史通义》《校雠通义》，学术价值甚高，可与唐代刘知几齐名。他提出的"六经皆史""道不离器"的学术观点如同春雷，在学术界引起巨大反响。

　　大凡真理都需要经受时间的考验。章学诚的学术思想和成就不仅在当时引起轰动,而且穿越时空,国内外学术好评如潮。梁启超先生说:"清代唯一的思想大师是章学诚,只有他配得上说是中国史学集大成的人,他永垂不朽的志学理论使他成了中国的方志之祖。"章炳麟先生在章学诚的墓前说:"他,不学八股文,不写时令文,不留国子监,不当知县令,不入四库全书馆,他的'五不'精神,就是一个大写的中国人。"冯友兰先生说:"章学诚是中国哲学史的大见识。我在章学诚这里学到了中国哲学史的洞见。"德国几位哲学史学家读了章学诚的《文史通义》后说:"若问世界上最早讲历史哲学的人,恐怕就算章学诚了。"法国汉学家保尔·戴密微称:"章学诚是第一流的史学天才,可以和阿拉伯史学家伊本·卡尔顿或欧洲最伟大的史学家并驾齐驱。用其天才的思想火花,照亮了那个特别黑暗的世界。"美国、法国、俄罗斯、英国、日本、韩国等几十个国家都有学者对章学诚的学术思想进行专门研究,章学诚的著作和研究论著已经出版了1000多部,发表论文一万多篇,多次召开章学诚国际学术研讨会。章学诚已经跻身国际文化名人、世界史学家之林。他的学术思想已经成为世界文化宝库中可贵的精神财富,他为中华民族带来了无限荣光。

　　章学诚可谓奇人,创造了耀古烁今伟业。他如同漫漫长夜一颗启明星,他的闪光之源何在,他的思想对当下有何价值,值得我们掩卷深思。

独立人格

　　一个国家,不能没有文人,文人不能没有人格和思想。如果文人没有人格和思想，这个国家就没有前途。经济的盛衰可以在不长的时期内发生改变，而思想与文化的形成与转变则需要较长的时间。文人的存在价值不仅在于文采，而且在于人格和思想。中华文明之所以生生不息，延绵悠长，在很大程度上是有优秀的传统文化及传承文化的文人。一个时代的文人代表一个国家的良心。

章学诚就是一个时代文人的突出代表。他一生特立独行、不落俗套。任何时候都有自己的独立思想。他不仅"不为五斗米折腰"，而且在艰难困苦甚至危及生命的情况下也不随波逐流、趋炎附势。他的风骨、人格为有志有识之士敬佩景仰。

一个文人如果没有人格，也很难在学术上有大的成就。随波逐流的文人，要么会为名利而违背良心，要么会屈服权势而成为御用。纵观历朝历代，昧着良心的御用文人比比皆是。

章学诚认为："学必求其心得，业必贵于专精，类必要扩充，道必抵于全量，性情喻于愤乐，理势达于穷变通久。"他在书院讲学时提出"文以载道"的民族精神，"尽人达天"的教育理论。他认为：不能把学生当成学奴，要让学生发挥特长，依着天然秉性激活潜力。我们今天倡导的素质教育理论，其实，章学诚在200多年前就已经倡导和践行。多所学院，无论多么调皮捣蛋的学生，经他启发开导、因材施教都会成为好学生。章学诚的教育思想在当时来说可谓标新立异、超凡脱俗。他的教育思想值得我们今天光大传承。

章学诚的优秀在于他刻苦学习、专心学业、坚持己见、不畏权势、敢于直言、阐述真见。章学诚生活的年代，属于清朝由盛转衰的转折时期,政治腐败、学术黑暗、道德滑坡侵蚀着大清王朝。就像一个缺碘的地方,人们普遍患上了大脖子病,对大脖子见怪不怪、习以为常。一旦见到一个脖子不大的人,大家反而以为这个人不正常甚至认为他有病。章学诚就是这样一个被一些因循守旧的文人视为异端的奇人。有些人常常嫉妒、造谣、中伤、陷害他,甚至几次将黑状告到了乾隆皇帝案头,他险些被杀头问罪。有一次,章学诚通过核实方志材料,了解到有一位孝子被逼为匪。章学诚深入匪穴动之以情、晓之以理,劝导50多个拦路抢劫的土匪弃匪从良。这本应是有功于国家和社会的善事,却被别有用心者诬陷为进士入匪,以致惊动了乾隆皇帝,使他差点丢了性命,幸亏正义之士为其洗污平反。

章学诚遵循"尊重事实、客观公正、不欺古人、不欺历史"的修志理念。提出了"经世致用""六经皆史""六经皆器""做史贵知其意"和"史德"等著名论断,建立了自己的史学理论体系;同时还在总结前人修志经验的基础上,提出了"志属信史""三书""四体""方志辨体"和建议州县"特立志科"等重要观点,建立了方志理论体系,创立了方志学,从而奠定了其在国际史学上的重要地位。

淡泊名利

一次宋高宗赵构问岳飞元帅:"天下如何才能太平?"岳飞回答说:"文官不贪财,武官不怕死,天下太平矣。"文官,是掌握国家权力的重要岗位,掌握着国家的人事、钱财等稀缺资源。因此,淡泊名利、廉洁奉公、效忠国家、服务人民是文官的责任所在。如果文官利用权力破坏制度、谋取私利,就会滋生腐败、引起民怨,天下就不得太平。对于武官来说，其岗位责任就是保卫国家、维护稳定。当国家面临危难、遭受侵略之时，就应该冲锋陷阵、舍生取义、视死如归，如果武官贪生怕死、临阵脱逃，那么国家就会灭亡。

章学诚几乎一生都在穷困潦倒中度过，经常吃了上顿没有下顿，最为悲伤的是他有4个子孙（三女儿、小儿子、长孙、长孙女）因饥饿致病而丧生。可想而知，作为这个家庭的家长是何等的悲伤和自责，是何等的悲痛与心酸啊！其实，凭章学诚的学识与才能，他如果钻营名利，完全可以过上体面富贵的生活，而他却咬定青山不放松，任尔东南西北风。章学诚在向朋友讲述推辞做知县的理由时说："我若做了知县，肯定会忙得焦头烂额，方志事业就会前功尽弃，因此，经过反复权衡利害得失，决定选择史志事业，放弃知县仕途。"难能可贵的是，妻妾子孙永远是他的坚定支持者，即使是丧失生命也毫无怨言。每每读到这些文字，不能不令人对这样的家庭、这样的家人产生敬意。不禁使我们发问，是什么魔力能使他们全家同欲，上下同心呢？回答只能是章学诚的道义、信仰和人格。道义、信仰、人格是任何时代、任何人都不可或缺的精神资源和健康基因。

他不想因为名利而影响他的高尚人格与史志事业。他为史志而生，为史志而死。他一生酷爱史志，把史志视作生命，被人称为"方志痴人"。他的执着、他的实践、他的开拓、他的创新成就他的伟业。

正如王选院士所言：一个汲汲于名利，热衷于在镁光灯下露面、领奖台上领奖的科学家是出不了什么成果的。也有知名大学教授叫嚣:"当你40岁时,没有4000万身家不要来见我,也别说是我学生。"在这样的氛围下能否培养出对社会和国家有用之大材,不能不让人质疑。

人总是有所失有所得的,章学诚由于淡泊名利,执着史志,确实失去了很多,甚至亲生骨肉,但也收获了许多,筑就了一座学术高峰,惠泽后世万代,历史会永远铭记。

以诚待人

四书之一的《中庸》,若以一字阐释之,则为"诚"也。《中庸》说:"诚者,天之道也;诚之者,人之道也。诚者不勉而中,不思而得,从容中道,圣人也。诚之者,择善而固执之者也。""诚者自成也,而道自道也。诚者物之终始,不诚无物。是故君子诚之为贵。诚者非自成己而已也,所以成物也。成己,仁也;成物,知也。性之德也,合外内之道也,故时措之宜也。"诚为中国文化的重要内容,滋养着中国人的精神基因。

"学诚"这个名字寄托着长辈的期待、宏愿。章学诚以一生的言行诠释着这个"诚"字并将"诚"践行到了极致,也因为他对这个世界以诚相待,才使他逢凶化吉、遇难呈祥、得以善终。

章学诚即使在家里揭不开锅的时候,也会将身上仅有的几两银子救济难民。为报章允功之恩,章学诚毅然将自己的三儿子华绶过继给他家延续香火。

当滦州知州蔡薰遭到诬陷打入死牢准备问斩,别人唯恐避之不及的时候,章学诚则不顾自身安危,动用多方人脉关系游走于牢房之间倾力相救。终于在10位知县联名具保和大学士梁国治出面奏请乾隆皇帝的御赐批下,蔡薰由死刑犯改为了5年轻判。

章学诚的急公好义一时成为美谈。

章学诚与学术大亨戴震尽管在学术观点上存在分歧，曾发生过激烈争执，但当得知戴震逝世的消息时，立即赶往戴震家中吊唁，表达哀思，并为戴震打抱不平，以一片真诚之心感动戴震家属及文化界同仁。

章学诚与两妾的姻缘都与他的真诚和善良相关。一位是在汜水县，章学诚看到恶狗撕咬一位老人和姑娘，在路人袖手旁观之时，他奋不顾身抓起锄头打死恶狗，救下了老人和姑娘。姑娘为了感谢其救命之恩，决意嫁给他为妾。还有一次，章学诚在北京锣鼓巷胡同看见一位插草自卖饿得命悬一线的乞丐小子，他立即脱下长衫卖了相救，让掌柜的给了一碗粥和十个包子。后来才知道这个乞丐小子原本是一位女扮男装尝尽人间苦难的标志姑娘，后来这位名叫蔡娇儿的安徽姑娘甘当小妾与章学诚成就了一段传奇姻缘。

章学诚一生以诚待人、扶危济困，他的行为就像春风出山、百川入海那样自然。

在家庭的熏陶下，儿孙后代传承了章学诚的美德。一年冬天，他的儿孙在打雪仗时，发现了雪下覆盖着一位饿昏了的老年灾民，孩子们毫不犹豫地将老人背回家中全力施救，孙女还以体温温暖老人，挽救了老人宝贵的生命。对于章学诚家庭来说见义勇为、救死扶伤是自然而然的事情。章学诚及家人的义举，令今天还在讨论跌倒的老人该不该扶以及怎样扶的现代人汗颜。

章学诚尽管不入时流，屡遭志学监官陆宗楷、湖北巡抚惠玲、河南学政海度以及恩将仇报的陈曾等人的排挤打击、嫉妒陷害，但因为他的真诚，他的学识，也得到章允功、章守一、章文钦、章汝南等族亲的关照；得到陈执无、周震荣、张维祺、陈诗、曾慎、甄松年、洪亮吉、冯廷丞、邵二云、吴胥石等文坛诤友的慷慨资助；还得到河南总督毕沅、大学士朱筠、提督学政欧阳瑾、户部尚书梁国治等高官的提携重用。这些人有的敬佩他的学识，有的崇拜他的人格，有的羡慕他的真诚，当章学诚有难之时或推荐职位，或慷慨解囊，或仗义执言，给予章学诚温暖和信心，帮助他渡过一次又一次难关。这些人际美德是民族的宝贵精神财富，是任何时候都值得弘扬的优秀文化。

挫而不折

人生不可能一帆风顺，挫折常常与我们同行。对待挫折，不同的态度会产生不同的结果。对于弱者来说挫折是拦路虎，对于强者来说挫折是垫脚石。邹韬奋先生说："我认为挫折、磨难是锻炼意志、增强能力的好机会。"歌德说："斗争是掌握本领的学校，挫折是通向真理的桥梁。"奥斯特洛夫斯基则富有诗意地告诉人们："人的生命似洪水在奔流，不遇着岛屿、暗礁，难以激起美丽的浪花。"

名人大师们对章学诚的人生做出了诠释，仿佛上述格言警句是为章学诚定制。章学诚一生挫折不断、坎坷相连，然而，挫折和坎坷不仅没有击倒这个先天不足、长相丑陋的绍兴汉子，反而使他挫而不折、越挫越勇，以至死神都多次望而却步、逃遁溜边。

章学诚少年时期就钟情史志并立下大愿要成就伟业，他用《左传》《史记》《春秋内外传》改编了一部纪传体《东周书》，并请了一群学友帮助抄写，足足干了3年，后来竟然在先生的督促下，被时任县令的父亲化为一炬。《东周书》被毁使章学诚极为悲惜，但再猛的火焰也无法毁灭他的史志梦想，他时刻都在积蓄力量，随时扬起风帆驶向胜利的彼岸。

章学诚经过认真准备，在志在必得的乡试之时，却因与陆宗楷考官观点相左，仅中副榜。他没有怨天尤人，而是发奋努力，终于以真才实学通过会试中了进士。

他在往河南求职时，受到旧识河南学政海度挖苦讽刺。得好友救助五百两银子后，又在夜店遇盗，银两、书稿以及衣服被洗劫一空。他只得狼狈地穿条短裤，打着赤脚行走了80里才得到朋友救助。

他被友人聘为清漳、莲池、敬山、文正等书院主讲或山长，他的课别开生面、因材施教、风生水起，深受学生欢迎和家长好评，却遭到同事眼红和山长嫉妒排挤而屡丢饭碗，一次又一次使家庭陷入危机。章学诚一生四次被盗，每次都与书有关。他花费很多时间和精力撰写的书稿多次被盗，令他痛彻心扉。但他没有灰心丧志，饭碗丢了再找，书稿丢了重写。他笑迎苦难、乐观未来。挫折和苦难没有折断他飞翔的翅膀，没有扑灭他奋斗的梦想。

反观时下，一些人遇到一点小挫折就跳楼上吊，可见"挫商"何其低下。顺风之下飞机难以起飞，经不起挫折的人也难以担当大任。章学诚无疑为我们后人树立了榜样。

生下来就一贫如洗的林肯，终其一生都在面对挫败，八次竞选八次落败，两次经商失败，甚至还精神崩溃过一次。好多次，他本可以放弃，但他并没有如此，也正因为他没有放弃，才成为美国历史上最伟大的总统之一。

任何失败都不能打垮一个善良正直、富有理想的人。越挫越勇是章学诚最大的性格特点。不管别人怎么评价对待他，他认准的事情，哪怕困难再多、风险再大，他都要坚持下去，任何阻力都无法阻挡他前行的脚步。章学诚的伟大也是从挫折中来的，如果没有如此多的挫折磨难，也许成就不了他的辉煌伟业。

呕心沥血

只有付出超越常人的努力，才有可能取得超乎寻常的成就。章学诚的一生对这个论断做出了诠释。以呕心沥血来形容他对史志事业的追求与付出恰如其分。

冥冥之中，事有巧合。按照绍兴老家风俗，小孩子百日之时要举行"百日宴"仪式，大人们会在桌上摆上官帽、金戒、银锭、女红、志书等物件，示意孩子抓取一样东西，以观孩子未来志向。当时章学诚推开其他物件，小手抓起了志书，连试三次，都是如此。可以说，章学诚为史志而生，一生酷爱史志，一生都与辛苦为伴。

为生活所迫，章学诚承接了修订《乐典》的项目。对于外行的他来说要在限期内完成修订任务难如上青天。这部书要续上宋、元、清三朝乐典资料。章学诚勇于挑战自己的生命和智慧极限，夜以继日地一边学习乐典、乐谱、乐理知识，一边撰写修订，终于保质保量按期完成了任务，时人无不为之点赞鼓掌，誉他为文坛奇才。又有多少人知道，获得称赞的代价是生命的透支，身体的损害。

章学诚以严肃的态度对待每一本志书，每一个文字。他在修改《石首县志》时，几易其稿，在刊印前，又认真校订了一遍。他看到志书中将著名的华容道改成了关公道，他懂得这是民间对关公大义的敬重，但章学诚认为这种修改不妥，坚持改为华容道。他的理由是：华容道规范、中性、容易被后人接受，地理名称不可人云亦云，随意更改。刊刻者觉得章学诚讲得有理，最终改成了华容道。

章学诚在疾病缠身的情况下仍然夜以继日、笔耕不辍。他应邀为《姑苏志》《吴郡志》《武功县志》《朝邑县志》《滦志》《灵寿县志》等方志撰写了后记。他不畏权威名流，点评志书得失，把千百年来史志领域的恶滥流弊批得体无完肤，为后世奉献了方志典范。

他终因用眼过度，致使一双病眼完全失明。眼睛失明后，他仍未停止所追求的事业。他通过口述，儿子抄录，相继完成了《悼邵二云》《邵二云别传》《浙东学术》等文章。他还忧国忧民，大胆建言，议成了《上执政论时务书》等6篇文章上报朝廷。提出了社会"三大主要问题"：民众动乱、国库亏空、政治腐败。同时提出了惩治腐败、改革吏治的"四点意见"：惩治腐败不得不严、当权者应率先恭俭廉洁、完善举报制度、理财必以政为先。章学诚200年前提出的建言，不仅光耀了历史，而且与我们今天的"八项规定"深化改革、强化吏治、反腐倡廉一脉相承，随着时间的推移，章学诚的思想越发光彩夺目。

章学诚如一盏油灯，经过62年的点燃，终于油干灯灭、化作辉煌。他带着长长的思念和未竟的事业，辞别了这个世界，最后与妻妾合葬于祖坟山。他的思想、风骨、人格、学术将名垂青史，发扬光大。

　　感谢王作光先生以辛苦的脚步、翔实的史料、巧妙的构思、严谨的写作、飞扬的文采，为我们奉献这部充满正能量的佳作。

兄妹情深

——大哥孙钧追忆二妹孙铭

孙铭同志生前曾担任化工部第六设计院总工程师、化工部副总工程师,是当年全国化工系统劳动模范,曾主持完成了重水生产技术开发及其工程设计工作,为国防化工事业做出了重大贡献。孙铭同志于1987年1月14日因病谢世,正值英华壮年。中共化学工业部党组于1987年8月3日做出决定,在全国化工系统广泛开展向孙铭同志学习的活动。

孙铭同志逝世已近30年了,历史会铭记她,我们后人也会深深怀念着她。孙铭同志的工作业绩、科技成果和奉献精神,一段时间来曾见诸多种媒体,广为人知。而托起她冰山一角的家世基因、亲情善良、普通而又不平凡女性的另一面,也值得我们去解读、揭秘。

2016年6月1日晚上,我在朋友的陪同下前往国务院第二招待所采访了孙铭的大哥,中国科学院资深院士、同济大学一级荣誉教授、岩土力学与工程专家孙钧先生。

孙钧先生已年届九十,但身体健硕、思维敏捷、记忆清晰,仍然活跃在科研、教学和生产第一线，经常出差把关国家重大建设工程、指导技术业务，工作十分繁忙。这次他从上海来北京参加全国"科技三会"（科技创新大会、两院院士大会、中国科协第九次全国代表大会）之际，抽出晚上时间接受了我们的采访。我向孙钧院士赠送了"群英荟萃"书法条幅和一本散文集《醍醐茶》，他非常高兴，欣然与我们合影留念。孙钧院士按照我事先发给他的访谈提纲，饱含深情地谈及了孙氏家世及兄妹间一些往事，其中有不少鲜为人知的故事。下面撷取二三与读者分享。

绍兴文化渊源哺育了孙氏后人

绍兴是一块风水宝地，这里孕育出了王羲之、章学诚、鲁迅、周恩来等无数文史巨擘。绍兴还是出师爷的地方，有学者称，绍兴师爷长期以来左右了朝廷政治和地方吏治。这种文化基因在绍兴后人身上得以传承和发扬。

祖祖辈辈生活在绍兴八字桥的孙氏家族，不知何故从孙铭的祖父开始迁移到了江苏靖江，后来父母又辗转到江西南昌，家住市内百花洲。父亲在南昌就读法律专业，毕业于江西法政大学，母亲毕业于蚕丝专科学院。父亲后来调到苏州和南京工作，成为国民政府最高法院的一名法官。父亲方正贤良、业务精湛、工作勤奋，职场进取较快，官至高法庭长（审判长）。新中国成立后，对国民党政府公职人员进行了政治甄别和审查，孙铭的父亲虽然是国民党政府时期的公职人员，但属于进步人士，曾几次帮助地下党人渡过难关；解放战争期间，父亲因不满国民党反动统治和发动内战，愤而辞职，改任律师并兼任中央大学（今南京大学）一级法学教授。上海解放后，父亲应聘在上海市高等法院从事审判员工作,还在东吴大学(今苏州大学)和上海法政学院任兼职教授,直至退休。孙铭的母亲不仅传承了中国女性的传统美德,而且接受了现代教育。孙钧院士说:"母亲的英语很好,是我的英语启蒙老师呢。"孙铭的母亲堪称相夫教子、孝敬长辈的楷模。

父亲的正直、母亲的善良,在6个子女身上起到了潜移默化的作用。孙铭兄妹6人的名字中都有"金"字旁,寄托着父母期待他们的子女今后也要像金子一般闪亮发光、报效祖国、光耀门庭。6个子女也都没有辜负父辈的期望,都受过高等教育,其中的4个毕业于上海交通大学。孙铭的姐姐孙铢在南京金陵女子大学(后转学上海圣约翰大学)学习英语专业,早年在外交部任职时曾参加朝鲜板门店谈判,还曾陪同周总理出访日内瓦,均担任翻译工作,后调任复旦大学外语系主任和上海市外办副主任;除了孙钧、孙铢、孙铭外,其他3个姊妹也都分别在电机制造、射电天文和工业自动化等各自从事的专业领域取得了很好业绩,做出了许多贡献。

兄妹情深似海

孙钧院士说:"我们兄妹6个关系都很好,尤其与二妹孙铭感情深厚、关系密切。源于我搞科学研究,她搞工程设计,都参与国家重大科研和工程建设,共同语言就比较多。"

中国人素有"长兄如父、长嫂当母"之传统。孙钧这位大哥不仅在学业上为弟弟妹妹起到了带头和榜样作用,而且对弟弟妹妹的关爱、照顾历久而弥深。

孙铭刚参加工作时还是单身,就住在大哥家里。由于当时工作任务繁重,经常加班加点,遇到寒冬腊月,晚上归家总是笑话着说有"饥寒交迫"之感。大哥大嫂对加班归来的二妹最好的奖赏是一锅暖暖的萝卜淡菜排骨汤。孙铭喝到萝卜排骨汤时是最幸福的时刻。萝卜排骨汤也就成为孙钧和孙铭两家人后来的最爱和看家菜。孙钧说："我们家至今还保持着最爱吃萝卜排骨汤的嗜好，而每当吃这份汤的时候，就会不由自主地想起二妹，浮现出当年的情景，有时会潸然泪下。"

孙铭参与国防化工重大项目，曾前往苏联学习，还经常到国外采购。孙铭的爱人萧成基是孙铭的同学，也是我国化工工业领域早年的一位著名专家。孙铭的儿子萧涵曾在大舅舅家寄养一年多。萧涵与大舅舅、舅妈关系非常亲密，很多工作和生活习惯都受到舅舅的熏陶。

孙钧院士回忆说："二妹在陕西咸阳化工部第六设计院工作时，我每次到西安开会，二妹都会冒暑热、地冻坐一百多里路的长途车赶来看我，我们之间有说不完的话，谈不完的心。"

孙钧院士九十寿辰时，在京的弟弟妹妹及晚辈们趁着他在北京开会之际，筹备着为他过个生日。孙钧说："我们家人会有点长寿基因吧，父亲享年八十九岁，母亲享年九十一高龄，6姊妹中最小的也已坐七望八了，唯独二妹孙铭54岁英年早逝。不知是与她在工作现场受伤中毒有关，还是过度透支了生命健康，可惜不能为国家再多做些贡献，真令人万分遗憾！"

大公无私、精忠报国

家国命运紧密相连，孙氏家族就是一个缩影。

孙铭的父亲任职国民政府法院高官，自然薪俸丰厚，但抗战八年却要别妻离子只身前往重庆工作。当时内地邮路不畅，养家糊口的大洋要从香港转寄;后来太平洋战争爆发,香港的邮路也被中断,父亲工资只能托请便人带回上海,从而增加了许多不确定性和风险,因此常常耽误养家和孩子们上学的费用,有时家里生活会非常紧张。母亲是一个深明大义、目光远大的人。在几个学业优秀的孩子要被迫辍学的紧要关头,通过多方努力为孩子们争取到了由顾乾麟先生设立的"叔蘋奖学金",在"叔蘋奖学金"的资助下得以逐个完成学业。感恩之心在青春年少的孙铭心中埋下了种子,也许是她一辈子精忠报国的萌芽与基因吧。

孙铭天生聪慧,学业十分优秀,年仅20岁就在上海交通大学化学工程系提前毕业走上工作岗位。当时正值新中国成立之初,百废待兴,尤其是为了应对帝国主义的核讹诈,一大批从海外归来的学子和国内科技人员以昂扬的斗志、饱满的激情在一穷二白的条件下发起了向"两弹一星"堡垒的进攻。孙铭也成为其中的一员,她以娇小的身躯、柔嫩的双肩,总是率同一帮同行大男子汉奔波国内国外,担当着祖国建设重任。

在大哥的眼中,二妹就像一台"永动机",平时吃得少,睡得晚,工作效率却特别高,她是在透支着自己的宝贵生命报效祖国呀!她不仅是一位化工专家,而且勤奋钻研,精通几门外语,可以在谈判中直接与外国专家十分专业地针锋相对,据理力争;她后来还开辟了化工部计算机应用之先河。她经常出差外地,深入工厂第一线,日程表永远是安排得满满的。孙钧说:"我到过二妹家几次,给我的印象是家里没有人,也没有时间收拾,总是十分零乱,到处都是资料,连厨房里都堆着一大摞书。妹夫萧成基也特别喜好读书,两个人都特别忙,家务杂事就完全顾不上了。"

孙铭一心扑在工作上，心里只有业务，只有永远没完没了的工作，却唯独没有自己。她耽误了3次全身体检的机会。医生说，如果乳腺癌肿块只有绿豆、黄豆般大，切除了就不会有太大的问题。可惜她发现肿块的时候，已到了晚期，癌症不幸扩散了。当年化工部领导非常重视对她的治疗，安贞医院也进行了全力救治，但已经无力回天。

　　孙钧院士动情地说："感谢各位，在我妹妹逝世快30年的时候，还记得她怀念她。我代表全家表示深切谢意！"

　　我们告诉孙钧院士：今天的中国化工博物馆就是要珍藏历史、铭记英模、教育后人。我们不会忘记孙铭，历史也会铭记。

与将军大姐潘绍山的友情

　　大千世界，人与人的相遇、相识、相交大都在于一个"缘"字。当今世界人口70多亿，能够相识已属缘分不浅，保持交往则更属不易。两个人能否长期交往不在于距离，而在于心灵。如果没有缘分，即使天天在一个办公室，也不一定能成为好友；而心灵相通，志气相投，即使天各一方也会保持交往，友谊长存。

　　建华与广州军区医院的将军大姐潘绍山的友谊值得回味与记忆。

　　建华与绍山大姐相识在2004年，当时建华任《信息早报》社总编辑、党委书记。应主办方邀请，建华在太原召开的"中国人民解放军第六届全军护理学术研讨会"上作了关于细节管理的演讲。建华的演讲得到100多位代表的好评，赢得了多次掌声。两个多小时的演讲结束后，一位身穿军装、面容靓丽的大姐走上讲台与我交流。我得知她是全军护理界的明星人物，是广州军区医院护理部主任。大姐除了赞赏我的演讲之外，还向我发出了邀请，邀请我到广州军区医院讲课。我说：可以在方便的时候到广州医院学习交流。我们相互留下了联系电话,这是与大姐的初次相识。

几个月后的 2005 年,我接到大姐电话。大姐告诉我:她们医院准备开办护理人员培训班,邀请我去广州讲课并初定好了开班时间。那时我已由《信息早报》社调到中国化工集团公司监事部工作,初来乍到,诸事繁忙,有项领导交办的任务正好与他们开班时间冲突。我向大姐道歉不能前往,并答应帮助她另请讲师前往。但大姐执意要我去,并答应可以根据我的时间调整培训班的开班时间,令我非常感动。后来,我利用一个双休日前往广州为广州军区医院护理培训班讲了一次课,那次我的讲课受到了学员的欢迎。我在广州期间,大姐和她的同事作了热情接待和周到安排,记得她和同事陪我乘游轮观看了珠江夜景,珠江两岸的美景令我至今不能忘怀。

此后与大姐一直保持着联系,彼此之间关心着对方,传递着信息。我不断听到大姐发表论文、做学术报告、创新成果获奖的好消息。尤其令人振奋的是大姐由于成绩斐然,经过层层评审晋升为文职女将军,当时在全军护理界只有两人,真可谓凤毛麟角。我为大姐成为将军感到无比高兴,用手机给她发去了祝贺短信。每当我有新书出版,都会及时快递给大姐。我的每本书大姐都看得非常仔细,看完后都会给我发来读后感,对我给予真诚鼓励。

2005 年,大姐来北京参加公务活动,拨冗到中国化工集团公司来看望建华,送给我由她主编的专著《现代护理管理学》,令建华非常荣幸。建华请大姐在苏州街的美庐村品尝了江西菜,并将朋友赠送给我的健身剑送给了大姐,希望大姐剑胆琴心、锻炼身体、健康幸福。

2007年,大姐得知建华和爱人金凤到广州亲戚家过春节,盛情邀请我们到她家做客。大姐家房间宽敞,书香袭人。广州人春节喜好养花,大姐家里不仅花卉含苞吐艳,金橘果实累累,而且书画名家的作品不少,可见大姐是个热爱生活具有品位的人。大姐热情好客,邀请了她的同事作陪,订了一个大包间招待我们一行,广州的春节原本温暖,大姐的热情更使我们如沐春风暖阳,体验着浓浓的友情亲情。

大姐出生在湖南岳阳一个普通的农民家庭。只有初中文化程度的她,在解放军这所大熔炉里不仅淬炼了精神境界,而且激发了人生潜力,提升了业务素质。湖南辣妹的性格在她身上得到了充分体现。她通过刻苦自学护理理论知识,勤于护理实践,不断开拓创新,取得了骄人的业绩。几十年来,大姐有16项成果分别获得全国护理科技进步一等奖,军队科技进步二、三等奖,几乎每隔一两年就有一项科研成果问世。先后发表论文、译文30多篇。由她主编出版的《现代护理管理学》一经面市,便在我国护理界引起了轰动效应,专家们评论说这是我国现代护理管理专业领域内理论体系最完整、篇幅最大、内容最新、操作性最强的权威书籍,中华护理学会将其特别推荐为现代护理培训教材和研究生必修课教材。大姐还多次出国讲学交流,为中国护理界赢得了荣誉。

大姐是一个志存高远、勤奋好学、充满正能量的人。她虽已退休多年,年过古稀,仍然关注着护理事业,专注于护理工作的改革创新,继续为我国护理事业贡献智慧。

大姐是一个乐于接受新生事物,勇于创新的人。她不仅熟练使用电脑上网获取前沿知识和信息,而且在几年前开通了微信,落伍、老化等词汇与她无缘。大姐一直关注着建华的博客、微博、微信,经常为我的微解贤文和书法作品点赞。

2016年5月3日,大姐看完我的微解贤文书法作品后给我发来微信,"建华老弟:见墨如人,太让人欣赏了!古稀之年的我,望您能赐墨宝永存。常看到凡宝受到良好教育,一定是书香后人。何时来广州告诉我一声,好让我尽地主之谊。"建华知道,大姐家收藏的名家的书画作品不在少数,希望永存我这位并非知名书法爱好者的作品,是对我的莫大鼓励。我思索良久,写一幅什么字才适合于这位德高望重的大姐呢?后来我想到了大姐名字中的"山"字,于是饱含深情泼墨挥毫写下了"道山学海"这句成语快递给了大姐。

"道山学海":道德如山高,学问如海深。这不正适于这位高山仰止、情深似海的将军大姐吗?

衷心祝愿大姐健康长寿、幸福快乐!

李心田老师传达的作家人格修养

在那个影视作品贫乏的年代,一部《闪闪的红星》风靡中华大地,《映山红》《红星照我去战斗》等歌曲响彻长城内外,这部电影教育激励了几代人。创作这部电影的著名作家李心田老师自然成为广大观众尤其文学青年们心中的偶像。

2015年5月,我有幸在"作家报·九龙峪杯全国文学艺术大奖赛"颁奖典礼及中国文艺家走进青州采风笔会期间结识了李心田老师及夫人吴女士。李老师年过八旬,两年前腿骨骨折,行动不便,听力视力减弱。他近年来推掉了许多社会活动。当得到《作家报》邀请时,他克服困难欣然前往青州,体现了李老师对《作家报》的厚爱和对文艺事业的钟情。

两天的会议期间,我和蓝星东大监审处副处长、淄博市义务献血状元杨勇同志主动帮助李心田老师的行动,有机会对李老师多了一些了解。李老师和夫人的言谈举止、处事方式和生活习惯传递的人格魅力深深地感动着我们。

我不禁思考,一个作家的成功,不仅需要文学才能,而且需要人格魅力。优秀的作品仅是冰山的一角,支撑冰山的是巨大的人格冰基。

一滴水能够折射太阳的光辉,让我们通过几件平凡小事,认识和解读李老师及吴夫人的不平凡。

有求尽力满足

李老师的出现,自然成了文艺工作者粉丝们的焦点。要求李老师签名、合影者络绎不绝。李老师尽管视力较弱,但始终乐呵呵的,满脸笑容,在写字本上写"天行健,君子当自强不息""诗在功夫外"等古诗词勉励文艺后生。当天阳光明媚,气温较高,汗水已湿透了李老师的衬衣腋窝,合影者接踵而来。我们搀扶着他的身体,明显感觉到时间一长老人难以站立。但李老师仍然坚持着,不拒绝任何合影的要求,体现了李老师的随和与仁爱。吴夫人说:"李老师一般不会拒绝别人的要求,不能让别人扫兴。"一个总是想着别人的人,想不让人尊敬都难。

节俭成为习惯

中国人崇尚节俭文化,唐代诗人李商隐写出的"历览前贤国与家,成由节俭败由奢"的诗句,将节俭赋予了政治内涵。唐代诗人李绅的悯农诗"锄禾日当午,汗滴禾下土。谁知盘中餐,粒粒皆辛苦"更是妇孺皆知,广为传诵。然而解决了温饱,过上了小康生活的人们,浪费现象十分惊人。据不完全统计,我国每年在餐桌上浪费的粮食价值高达2000亿元,被倒掉的食物相当于2亿多人一年的口粮。请客吃饭,剩余食物对我们大多数人来说都司空见惯。然而,我在与李老师和吴夫人同桌吃饭时,李老师的一个习惯动作让我震惊。吴夫人给李老师夹了一块黄金饼，散席时，李老师将剩下的半块饼用餐巾纸包好放在了口袋里，留着下午吃。据吴夫人介绍，李老师平时从不浪费粮食，家里谁要浪费东西他会批评谁。节俭的习惯陪伴李老师的一生。李老师的节俭习惯不能不令我们肃然起敬。

相敬陪伴一生

吴夫人慈眉善目、举止优雅。虽年近八旬，却耳聪目明、行动稳健。吴夫人为了支持李老师的创作，几次调动工作，为成就李老师的事业甘当配角、默默奉献。应该说，李老师的军功章也有吴夫人的一半。据吴夫人介绍，他们结婚几十年，相敬如宾，相濡以沫，从未吵过嘴红过脸。从餐桌上可以看得出来，由于李老师视力较弱，所吃的菜，都是吴夫人夹好放在盘子里，夹鱼时会把鱼刺挑出来让李老师吃。李老师在吴夫人面前像个听话的孩子，对吴夫人依赖有加。夫妻犹如船之双桨，需要同心协力，奋力前行。家庭是驿站与港湾。李老师的文学成就离不开吴夫人的鼎力相助。当夕阳下，看见一对老人谈笑风生、缓步而行时，不知让多少人投去了羡慕的目光。

创作永不停息

人的生命在于不断创新。也不乏有了创作成就之后停止不前的作家。李老师文学成果颇丰，闻名文坛，然而他的思考与创作永不停止。他在开幕式上的致辞大有王羲之《兰亭序》开篇之风采，令与会者点赞鼓掌。他在往宴会厅的电梯前看见江南厅时，白居易的"江南好，风景旧曾谙；日出江花红胜火，春来江水绿如蓝。能不忆江南?"即从口中诵出,很难想象这是一位耄耋老人的记忆。当我第三次搀扶李老师到五楼房间时,他十分感激地说:"我看得出来,你是个乐于助人的人,是真心帮助我的人,我也没有什么送给你的。你把地址留给我,记一下我家里的电话,不久我有一本新书要出版,到时我寄给你。"李老师的话让我十分感动,终生难忘。两天来,我接触李老师的机会较多,我也很想让李老师给我题字勉励,但总不忍心劳累老人家,留下一个遗憾也挺好。

这就是我对李老师和吴夫人的初步印象。从李老师的言谈举止中,我产生了许多感悟。作家是精神文明的建设者和传播者。怎样让传播的东西让人相信,我想:不仅要有好的作品,而且要有好的人格。如果作家言行不一,当面一套背后一套,那么他的作品的生命力也不会久远,古今中外概莫能外。

学习、传播李老师的人格人品,也许比起我这次获得全国文学艺术大奖赛一等奖和书法作品二等奖的意义更大!

再次聆听李燕杰老师演讲

2007年10月25日应邀在北京大学百年讲堂参加了李燕杰老师第4078场专题演讲会,再次聆听了李燕杰老师的精彩演讲,第一次听李老师的演讲是在2006年。

李燕杰老师的演讲出名于20世纪70年代,他是我国著名的青年教育专家,是我国教育艺术泰斗,为共和国的"四大演讲家"(其他三位是曲啸、刘吉、彭清一)之首。

"青年是我师,我是青年友"是李老师的名言,李老师的演讲影响了我国几代人,他使躺着的文字站起来,他的演讲以立意高远、弘扬正气、哲理思辨、诗化语言、形式活泼震撼和感染着国内外的听众。听李老师的演讲会使人终生难忘。

2007年10月25日是李燕杰老师的79岁生日,几千听众在北京大学百年讲堂聆听身患癌症的老人演讲,目睹了李老师的风采。下面将李燕杰老师演讲的精华与读者分享。

李老师说,到现在为止已经作了4000多场演讲,每一场演讲都认真准备,没有哲理思辨不上台。别人抽出时间来,有的从老远赶来听他演讲,只能让听众受到教育和启迪,不能让听众有后悔之感。可见李老的敬业精神!

李老师说,要想成为一个成功的演讲家,必须具备"三大",即大爱、大智、大美。

"大爱"要做到"六无",即大爱无边、大爱无内、大爱无私、大爱无畏、大爱无怨、大爱无悔。

"大智"要做到"两多""四有",即大智多智、大智多谋、大智有德、大智有胆、大智有才、大智有学。

"大美"要做到"六至",即大美至真、大美至善、大美至纯、大美至诚、大美至柔、大美至伟。

我们每一个中华儿女都要有爱国之心,我们的祖国是非常伟大的,表现在:久而不断,大而不散,继而不朽。没有任何一个国家可以相比。我们每个人的前途和命运都要与祖国的前途和命运结合起来,才能成就自己的事业。

李老师说:教授要向教练学习,现在大学的教授非常多,而真正的教练却非常少。

智慧比知识更重要。大学就是智慧,科学就是智慧,哲学也是智慧,佛教也是智慧。人类社会经历了权力决定一切、金钱决定一切的历程,我们有理由相信,今后将是智慧决定一切。

我们的祖先是非常智慧的,几千年前就演绎出了《易经》,整篇《易经》都充满着智慧。秦始皇执政期间把其他的书都烧掉了,但却把《易经》留下了,可见《易经》的价值。

李老师说:我们一生要学习很多知识,要想提高竞争能力成就事业,必须增强"六力",即感知力、记忆力、顿悟力、判断力、联想力、创造力。湖南省有一个青年，就在嫦娥一号奔月的前几天注册了一家名称为"嫦娥"的公司，转手买了50万元，这就是"六力"的具体运用，也说明智慧就是财富。

作为一个成功的演讲家，不仅演讲的内容要有哲理，而且要将艺术渗透其中，还应该做到动态与静态相结合。李老师在演讲过程中向听众奉送了他亲自书写的多幅充满哲理的书法作品，并且用七分半钟讲述了一部《红楼梦》，把演讲推向了一个又一个高潮。

听李燕杰老师的演讲既是一次灵魂的洗礼，又是一次艺术的享受，将会终身受益。

另辟蹊径的探索者

——"邱振中:起点与生成"作品展在中国美术馆开展

　　2015年3月12日下午,建华应邀在中国美术馆参加了当代艺术家、书法家、诗人、艺术理论家、中央美术学院教授、博士生导师、书法与绘画比较研究中心主任、中国美术馆专家委员会委员、中国书法家协会理事、学术委员会副主任邱振中先生的"邱振中:起点与生成"作品展开幕式并参观书画展。邱振中先生1947年出生于江西南昌,艺术成就卓著,桃李满天下。中央美术学院范迪安院长、中国书法家协会领导、国内著名书画大师及100多名书法爱好者参加开幕式。

　　范迪安院长在致辞时说:"邱振中是一位书写者,更是一位书法的思想者。他从书法的本体研究出发,通过书写方式的创新达到对书法价值新的体认。他的研究和实践具有独特价值。'邱振中:起点与生成'展没有沿袭当下通行的书法展览样式,而是营造了一种引发关于书法意义与书写机制讨论的空间。这样的展览,是一种新的学术形态,它开启了新的书写动机、激发了创作的活力,尤其是那种当场开启的书法意识,从中透露出一个新的思想天地。在这里，一种崭新的感受力从内在的书写动机中绽放、生发，鲜活生动而充满魅力。书法领域的探索者，大多着眼于对传统的反叛、背离，而这种背叛大部分都陷入观念的纠缠中，无法真正开辟通向当代艺术和文化的道路。邱振中没有陷入这种观念的苦斗，他转身直面传统、观察、训练、思考，以求在传统深处找到能够帮助自己超载历史的支持。"范迪安院长作为当今中国书画艺术界的泰斗，对邱振中先生如此高度评价，可见邱振中先生的艺术成就与崇高地位。

开幕式结束后，观众参观了邱振中先生布满三个展厅的水墨、书写作品展览。展览给观众带来一种全新的震撼人心的感受与享受。建华作为邱振中先生的乡友、书法爱好者，通过此次参观，感受到了江西人的自豪感，进一步增强了自信心。

建华有感而发，赋小诗一首记之。

> 江西自古多才俊，今日美院耀明星。
> 突破窠臼辟蹊径，艺术殿堂展生成。

做一个堂堂正正的中国人

　　一天晚上,我的朋友郝知本先生从上海师范大学给我打来电话。

　　郝知本先生祖籍安徽,是我国著名的演员,曾担任《东陵大盗》电影的男主角,主演过多部电影。郝先生还是著名的演讲家。十多年来,郝先生在全球多个国家朗诵、演唱我国文天祥的《正气歌》。郝先生曾应邀在中组部、江西省、安徽省、上海市、青年政治学院、天安门国旗班、人民网等作演讲,受到听众的广泛好评。

　　郝先生应上海师范大学之邀,担任该校教授,除向学生传授语言艺术外,还组织策划了"唱正气歌,练正气拳"活动,该项目纳入了上海世博会宣传内容。

　　郝先生告诉我,他已得到新加坡一家企业支持,正策划在100个国家开展以"唱正气歌,练正气拳,做一个堂堂正正中国人"为主旨的巡回演讲,将中国人的浩然正气传遍五洲四海。郝先生认为,弘扬中国人的浩然正气非常有必要,有利于中华文化复兴,有利于中华民族的崛起,有利于世界和平。生活在海外的华人华侨达7000多万人,他们有着深厚的民族情结,中国人的《正气歌》能够引起全球华人及许多外国人的共鸣。郝先生十多年来义务弘扬《正气歌》,其精神令人敬佩,其功绩将载入史册。

祝愿郝先生策划的全球巡回演讲活动取得成功,同时也希望有更多的有志、有识之士关注和支持郝先生的活动。

为了心中的殿堂

一个周日,我接到父亲在永修县老年大学学友的电话,告诉我他姓彭名镇生,是我父亲老年大学的学友,来到了北京,到中国文联办事,希望能与我相见,说曾经读过我出版的《品贤文谈做人》。

尽管我手头事务较多,但家乡来了老前辈,仍欣然与夫人一道从北京的东北赶到西北的昆玉大厦,见到了这位从未谋面的前辈。彭叔叔今年六十有六,满头银发,面色红润,谈锋甚健。

彭叔叔早年毕业于文艺学校,一直在永修从事剧团表演和文化部门的宣传工作,彭叔叔多才多艺,琴棋书画样样皆通。书法尤以狂草见长,绘画以工笔为专。

工作之余,书画成为彭叔叔业余生活的追求,参加了无数次书画作品竞赛,获得了许多获奖证书,但多以交钱买书为代价,前几年终于取得了江西省书画研究会会员资格,彭叔叔将证书视若至宝。

此次彭叔叔受几位书画朋友委托,带一些书画作品来闯京城。一是受一拍卖广告吸引准备参加作品拍卖；二是通过朋友引荐，准备拜访全国文联书法协会，希望能够晋升为全国书法协会会员，实现人生的理想。

当彭叔叔背着作品来到拍卖公司时，拍卖人员告诉他：每幅参拍作品得先交1000元，而拍卖价格最多500元。为此，彭叔叔很生气，明摆着是北京拍卖公司欺骗外地人，本想赚点润笔费，没想到还得打倒贴，彭叔叔卷起作品，留下了北京拍卖公司不地道的感受愤然离去。

彭叔叔在招待所床上打开了他带来的几位朋友的几十幅书画作品，并逐一作了介绍，甚至还介绍了创作的过程、获奖情况，其中有些作品有一定的水准。

晚上我和乡友、北京市丰台区组织部副部长徐颖为彭叔叔接风，我们在附近找了一家石锅鱼饭店，挑了店里好吃的点了几样，我们因开车不能喝酒，只为彭叔叔要了一瓶白酒。

彭叔叔十分健谈。他说看了我写的贤文系列书，非常敬佩，永修民间《增广贤文》流传广泛，无论读书与否，都能随时引用贤文，出口成章。把这一传统文化挖掘光大是一件好事，他表示永修文化界的同仁能帮助我为弘扬贤文文化献计出力。

彭叔叔说：能在北京与家乡人一起吃饭喝酒十分高兴。彭叔叔给我们谈起了他年轻时的辉煌历史，评价了永修书画界的众多名人。

彭叔叔告诉我们，他退休后每天的业余生活就是写字画画。家里有一个大书桌和画板。有时创作一幅作品需要五六天时间。他画的毛泽东、周恩来、温家宝等人物画像都获得过全国大奖。他一生最大的心愿就是能够成为中国书法家协会会员，并且在不断地学习、创作努力之中。

因考虑彭叔叔年龄较大，也不掌握他平时的酒量，我们一直控制着，不让他多喝，但他喝完后又要求再加。我们只得给他少量添加。他说，"你们放心好了，我年轻时，一斤白酒不在话下，现在上了年纪，酒量小些了。但每天都喝上几盅，会自己把握。"在明显感觉到彭叔叔有些醉意，说过的话又反复说时，我们阻止了彭叔加酒，结束了晚餐。我准备开车送彭叔叔到招待所，彭叔叔执意不肯，说自己可以走。我们担心他下楼安全，但彭叔却不让我们搀扶，与我们一路谈笑风生地走到了招待所。

彭叔叔盛邀我们回永修一定要到他家做客，说夫人做得一手好菜。我们承诺，回永修一定到他家做客，看彭叔叔当场写字画画，品尝阿姨的好厨艺。

离开了彭叔叔，敬佩之情油然而生。六十有六的彭叔叔，心中仍有一个神圣的殿堂。一个有理想有梦想的人，会活得更加充实更加愉快。也许他难以成为中国书法家协会会员，但结果并不重要，重要的是追求结果的过程。

在我们永修老家，诗、书风气甚浓，与彭叔叔一样追求心中神圣殿堂的老人还有很多很多。比如年过八旬的永修诗社名誉社长杜有垣先生每天读书看报，吟诗作赋，每年结集出版；老年大学老师何竟新先生，诗歌创新理论深厚，常有古体诗词问世；永修知名书画家徐洪泉先生笔耕不辍，书法、绘画双双扬名；还有我的年近八旬的父亲叶祥财,坚持参加老年大学书法班,不时泼墨习字,书法水平大有长进。

他们找到了精神寄托,品味着幸福人生。

萨翁，一路走好

中国人民的老朋友、好朋友，前国际奥委会主席萨马兰奇先生于 2010 年 4 月 21 日因病逝世，世界人民为失去萨翁而感到悲伤。时任国家主席胡锦涛发去唁电表示哀悼。4 月 22 日，中央一套《焦点访谈》节目介绍和缅怀萨翁。

一位奥委会官员能够受到如此殊荣，在以往的历史中实属罕见。对于中国人来说，不仅官员尊重萨翁，平民百姓也无不尊重萨翁。因为萨翁促进了北京奥运会的成功举办，使世界了解了中国。中国古语曰："爱出者爱返，善往者善来。"萨翁之所以受到中国乃至世界人民的尊重已在情理之中。

萨翁一生富有传奇色彩，功勋卓著。他为自己的祖国西班牙的外交事业和奥委会的改革与发展做出了卓越贡献。将奥运会引入市场运作，持续发展的轨道。在有生之年，促成奥运会在世界人口最多的中国举办，亲自为中国第一位奥运冠军颁发奖牌。

认真分析了萨翁人生成功的原因，如果用一个词来概括，我想应该是"远见卓识"。所谓"远见卓识"就是能够预见发展趋势，一叶知秋，见微知著。阳光出来了说今天是晴天，只能算是庸才。萨翁在奥运会发展遇到困境的时候，大胆引入市场化运行机制，为奥运会发展注入了活力，使奥运会的影响力越来越大。"远见卓识"最重要的是没有偏见，出于公心。偏见比愚蠢更可怕。愚蠢是受客观能力和水平限制做出错事，说出错话；偏见则是主观犯错，有意而为，利令智昏。比如一些西方政治家常常被偏见所左右，对新生的中国天生抱有偏见，常常鸡蛋里找骨头，对客观事实视而不见。萨翁的伟大就在于虽属于西方国家的贵族上层，却正视人口众多的中国，认识到中国需要奥林匹克，奥林匹克离不开中国，因此，本着他的"远见卓识"，力促恢复中国在奥委会的地位，斡旋在中国举办奥运会。萨翁的愿望终于得以实现，特别是2008年北京奥运会的出色举办，证明了他的"远见卓识"。

　　萨翁说，一生得过无数荣誉称号，但最珍惜的是"中国人民的好朋友"这一荣誉。这句话让我们每个中国人无比感动和自豪，萨翁肯定了中国人民的价值和分量。

　　我们应当珍惜萨翁的评价，努力做好我们的工作，用事实告慰我们的老朋友，好朋友，用事实改变一些西方人的偏见。

　　萨翁，一路走好！

美国总统为何热衷于中国文化

在中国西风盛行、留洋成风、全民学习英语的时代,西方社会上层则以研究中国历史、学习中国文化为时髦。《孙子兵法》成为西方商学院的必修科目,《论语》成为日本政坛和商界的圣经。即使是当今世界霸主的美国,上层社会也形成了研究中国哲学,学习中国文化之风。凡到中国访问的美国总统在与中国领导人会谈或作演讲时几乎都会引用中国古诗或名人名言,这已成为美国访华总统的一种潜规则。

2009年,美国时任总统奥巴马来中国访问,许多人士猜测,奥巴马总统会引用中国的哪句古诗或名言呢?这个谜底已经揭晓,2009年11月17日中午,奥巴马在上海科技馆和中国年轻人对话时引用了孔子"温故知新"的名言。奥巴马谈到由于美中两国的合作,两国都变得更加繁荣,更加安全。我们基于互相的利益,相互的尊重就能有成就。奥巴马对中国文化的学习由来已久,在首轮中美战略与经济对话开幕式上,奥巴马在致辞中引用了孟子的语录:"山径之蹊间,介然用之而成路;为间不用,则茅塞之矣。今茅塞子之心矣。"这段名言引用贴切,为学者称道。

据有关资料介绍,美国前总统尼克松、卡特、里根、老布什、克林顿和小布什等在任或卸任期间访问过中国,这些总统都爱好中国文化,有的还造诣颇深,他们在访华期间都曾从中国文化宝库中引经据典,表达心声,由于他们对中国历史的尊重和对中国文化的认同,拉近了与中国人民的感情,收获了访华的成果。

1972年2月21日,在周恩来总理举行的晚宴上,肩负破冰之旅使命的尼克松总统在祝酒词的最后引用了毛泽东的诗词:"多少事,从来急,天地转,光阴迫。一万年太久,只争朝夕!"表达了美中两国人民的交流和合作到了"只争朝夕"的时候了,尼克松的讲话得到了周总理等中方官员的高度认可。

卡特总统在任期间没有访问过中国,但他卸任后多次访问中国,对中国文化情有独钟,并且造诣颇深。1981年8月24日卸任后的卡特总统访问中国,当时北京正值盛夏,卡特一下飞机便在"中国通"的指导下念了两句中国古诗:"今世褦襶子,触热到人家"(诗中"褦襶"为多义词,一种意思是遮太阳的斗笠,还有一种意思是愚蠢无能,不懂事)。有趣的是当时参与接待的人员,对这两句诗并不熟悉,知道不是唐诗,但却不知出自哪里。当时互联网搜索也不像现在这样方便,有关人员打电话请教了文学所《文学遗产》杂志社的王学泰编辑,王学泰先生是一位学富五车的资深学究,很快告知这两句诗出自晋人程晓所作《嘲热客》,全诗为:"平生三伏时,道路无行车。闭门避暑卧,出入不相过。今世褦襶子,触热到人家。主人闻客来,颦蹙奈此何。摇扇髀中疾,流汗正滂沱。传戒诸高明,热行宜见诃"。这两句诗非常切合已经卸任的卡特总统盛夏来访时作为自谦之词使用。如此看,要做好外事工作不仅要会说流利的外语,而且要了解中华经典,否则,难免出现尴尬的局面。

好莱坞演员出身的里根总统在上任之后的第4年来到北京,在欢迎晚宴上,里根总统在祝酒词中说:"在许多世纪之前,一位名叫王勃的中国哲学家和诗人写过'海内存知己,天涯若比邻'。"里根以此诗表达美中两国人民虽然远隔千山万水,却是好朋友。里根总统觉得表达还不到位,于是在第二天晚宴上的祝酒词中又引用了中国百经之首的《易经》中的名言"二人同心,其利断金",阐述了美中两国精诚团结、双方受益的主旨。这位里根总统,对中国的唐诗、《易经》等中华经典都有所涉猎,可见他为访华做足了功课。

老布什总统1989年春访华,在欢迎晚宴上两度展示他作为前任驻华大使的中国文化功底。在祝酒词的一开始,老布什就说:"有一个中国谚语这样说:'前人栽树,后人乘凉'",由此称赞中国人正在栽种改革之树,而且这一代人已经开始收获果实。随后,老布什提到他和夫人芭芭拉在中国旅行的难忘经历,特别提到了杜甫的老家四川。老布什乘船经过三峡时吟诵了我国唐朝诗人李白的"轻舟已过万重山"诗句。可见老布什对中国文化运用自如、功夫娴熟、恰到好处。

1998年克林顿总统访问中国文化古城西安,在仿古迎宾入城仪式上,克林顿在讲话时引用了《礼记·礼运》篇第一句话"大道之行也,天下为公"。两天后,在北京的国宴上,克林顿在祝酒词中引用了《孟子·万章下》"一乡之善士,斯友一乡之善士……天下之善士,斯友天下之善士"。意思是说,伟大的美国人民和美国领导人很愿意同伟大的中国人民和中国领导人交朋友。

小布什属于缺少文采的总统,他却在百忙之中恶补了中国经典文化。2005年11月,他在访问中国之前在日本京都发表了关于民主与自由的演讲。在演讲的最后,他引用了《尚书·夏书》中的"民可近,不可下。民惟邦本,本固邦宁",为他的演讲增色不少,赢得了听众的热烈掌声。

美国总统之所以如此热衷于学习和运用中国文化,主要有以下原因。

一是中国文化博大精深、光辉灿烂,具有普世价值。中国有着5000年的文明史,并且是唯一没有中断的文明。诸子百家的哲学思想、唐诗、宋词、元曲、明清小说、书法、京剧等都是世界文化的瑰宝。儒家的"仁、义、礼、智、信",道家的"慈、俭、无为",墨家的"尚贤、兼爱、践行",兵家的"五事、七计、知己知彼、兵贵神速",法家的"守法、平等、革新"等思想构成了世界文明的源头,具有普世价值。正像一批诺贝尔奖获得者在1988年发表的巴黎宣言所言:"如果人类要在21世纪生存下去,必须回头到2500年前去汲取孔子的智慧"。可见,中国文化不仅照耀了历史,而且将辉煌未来,因此,美国总统热衷于学习和运用中国文化也就不难理解。

二是西方文化遭遇了困境和局限。人类社会不断发展,就管理的发展历程来看,已经经历了经典管理、科学管理、人本管理、文化管理等阶段,具有竞争、张扬、定量、分析特征的西方文化适应经典管理和科学管理,并且取得了辉煌的业绩,极大地促进了生产力的发展,推动了社会进步。而当世界进入人本管理和文化管理阶段后,更加需要运用整体、协调、仁爱、和谐的文化和思想来解决日益复杂的世界发展问题。此时西方文化遭遇了困境和局限,中国文化则显示出强大的生命力。因失信、奢侈、贪婪而引发的百年一遇的国际金融危机,推倒了具有158年历史的雷曼兄弟多米诺骨牌,通用汽车等一批行业霸主应声倒下,美国对外负债高达7.6万亿美元,美国失业率高达10%以上,美国深陷伊拉克和阿富汗战争泥潭,这一切促使西方特别是美国有识之士反思,美国的问题出在哪里?他们基本达成了共识,不仅要到中国来借钱,而且要从中国文化中汲取大智慧。因此,美国总统热衷于学习和运用中国文化就不难解读。

三是中国创造了成功的案例。中国曾经遭受了100多年的屈辱,遭受了外国列强的长期侵凌,但是中国人民历经挫折而自强,遭受侵略而自卫,面对错误而自新。中国之所以不会亡国,是因为中国人民身上流淌着中国优秀文化的基因。新中国成立60多年,改革开放30多年,东方雄狮终于发出怒吼,一举将"东亚病夫"和贫穷落后的帽子扔进了太平洋。北京奥运会成功举办、神七飞天、宇航员出舱行走,震惊了世界;中国国民经济30年高速增长,成为世界的一道亮丽风景;应对国际金融危机,中国率先走出困境,企稳向好,成为世界经济的领跑者。中国这块热土上频繁创造的奇迹,中国书写的成功案例越来越吸引着世界的目光,世界有识之士越来越清楚,今后这个世界的竞争决定于文化软实力,而不是军事硬实力,因为世界人民越来越理性。因此,美国总统热衷于学习和运用中国文化已在情理之中。

美国总统热衷于学习和运用中国文化是一种可喜的现象,美国总统是世界的强势人群,人们普遍存在从强心理。美国总统热衷于学习和运用中国文化,已经成为一种趋势,将会影响世界文化格局。中华民族复兴不仅需要 GDP 的提高,而且需要中国文化复兴,更加需要中国文化走向世界。我们中华民族子孙没有理由数典忘祖、妄自菲薄,而是应该顺应历史潮流,抓住难得契机,认真学习和传承弘扬中国文化,打造我们的核心竞争力,促进民族复兴伟业!

蓝星飞跃之必然

——写于蓝星公司成立20周年之际

蓦然回首，我加盟到蓝星旗下已有八年。这八年，是我人生宝贵的时光。这八年，我参与了蓝星的建设，见证了蓝星的发展。同时也使自己提高了市场能力，丰富了人生阅历，提高了生活品位。

在市场经济的大潮中，许多原来具有优势的国有企业被淹没了，而弱小的蓝星公司却在激烈的市场竞争中，实现了多级跨越，得到了飞速发展。

二十年，在历史的长河中只是弹指一瞬间，而对于蓝星人来说，却是漫长的历程，因为其中的每一个跨越、每一项成就都倾注了蓝星人的心血，凝集了蓝星人的汗水与辛劳，是难以忘怀、值得铭记的。

任何事物的发展都有其规律。蓝星公司由小到大，由弱到强也有其规律。我认为以下七个方面蕴含着蓝星飞跃的必然因素。

创业的激情

第二十八届奥运会上，新加坡选手李佳薇摧灭了王楠的金牌之梦,有的媒体说李佳薇是凭借爱情的"荷尔蒙"阻止了王楠夺金的脚步。

"荷尔蒙"就是激情。当一个人激活了激情,就会产生超人的力量。蓝星的创业者任建新等七个半人,乃至陆续加盟蓝星的几千人几万人就是因为注入了兴业报国的"荷尔蒙",才创造了蓝星飞速发展的奇迹。

因为有了激情,任建新才能20年只休一天假。才能放弃北京舒适的办公条件,主动承担起星火厂解困的任务,并且在星火厂一蹲就是半年,南方的严寒冻得他关节炎复发,走路都困难,但他仍然夜以继日地工作在解困的现场。

因为有了激情,任建新才决策承担起40多家中央和地方国企及科研院所兼并重组的重任。

因为有了激情,任建新才决定向国务院建议一次性接收30多家部队保障性企业,组建了中汽集团总公司,成为企业遍布全国的汽车修理行业的"大哥大",也成为跨国公司在中国合作的首选伙伴。

因为有了激情,蓝星公司与昊华公司才携手组建中国化工集团公司,担当起振兴老化工、新材料的重任,履行着三年进入世界500强的历史诺言。

如果任建新和他的团队没有创业激情,就不会有以上的一切。

独特的文化

据有关媒体介绍,能生存百年以上的实体以学校为多。像三株、巨人、秦池、飞龙等许多规模庞大的企业寿命不长寝,究其规律,文化使然。

任建新十分重视蓝星的企业文化建设,二十年中形成了独特的企业理念、行为理念和一系列企业观念,并将蓝星文化定位为企业的核心竞争力。任建新多次阐述:企业的核心竞争力不是资金、技术、人才,而是企业文化,因为只有企业文化才是分不开、打不散、卖不掉的灵魂。蓝星的飞跃在很大程度上得益于其独特的文化。

蓝星人奉行君子之交淡如水的人际观,在蓝星工作用不着考虑逢年过节要给上司拜年送礼。我在任建新手下工作了八年,没有请他吃过一餐饭,送过一包烟,至今还不知道他家门朝东还是朝西。蓝星人提倡产品如人品的质量观,将产品质量与人品直接挂钩,可见对产品质量的重视程度,因为有了这一质量观,才能使得蓝星牌不冻液在遭遇严重的质量事故后得以再生和发展。蓝星人认可金钱是社会对一个人勤奋与才能的承认的金钱观,蓝星鼓励员工开拓市场,多创效益,多拿提成,项目经理和销售人员一年拿十万八万提成很正常,没有人会眼红。

蓝星独特的文化,形成了一种健康、文明、向上的氛围,为蓝星的飞跃奠定了坚实的基础。

开放的胸怀

当一个人双脚并拢的时候,是很容易摔倒的,而双脚分开的时候是比较稳当的,因为其抗摔倒的能力大大增强了。

纵观蓝星二十年的发展历程,其开放的特质渗透到了各个方面。

当年地处兰州西固时弱小的蓝星就将触角伸到了海外,20

世纪 80 年代就先后与美国、日本、澳大利亚、乌克兰等国家的公司和科研院所开始了业务合作,因此,得开放之先机,受开放之实惠。

当蓝星的清洗技术在许多领域大显身手创造效益的时候,蓝星人没有保守和封闭技术,而是以开放的胸怀,大力举办清洗技术培训班,将清洗技术推广到全国。因为蓝星人知道,一花独放不是春,百花盛开春满园。终于在社会各界的努力下,将清洗做成了三百六十一行。

美国是一个移民的国家,接纳了各国的精英,也许这也是美国之所以能成为世界强国的原因之一吧。任建新也常说,蓝星是一个移民公司,因为她冲破了狭隘的地缘束缚,广纳国内外精英人才。这些精英人才们在蓝星拥有了自己的事业,蓝星也因此而腾飞。海纳百川,有容乃大。

超前的培训

用于教育培训的投入是回报率最高的投入。年轻的蓝星,年轻的队伍,凭什么迎接市场经济的机遇与挑战?任总选择了超前培训。还是在 20 世纪 80 年代,蓝星公司就派出了一大批青年骨干到日本、美国、澳大利亚等国家培训研修,让他们去接受国外企业的文化和管理,有效地提高了这批骨干的素质。

在我国加入 WTO 的前夕,蓝星公司利用业余时间组织管理人员开展了长达一年的"加入 WTO 后我们怎么办"的专题研讨。2000 年分批组织了近百名管理人员赴美国进行为期半个月的参观考察,使他们开阔了眼界。从 2002 年开始,与中央党校合作连续举办了五期为期半年以上的青年管理人员脱产培训班,系统地安排学员学习"三基本""五当代"知识,并且安排学员到下属企业调研和出国考察,使400多名管理人员得到了系统的培训,使他们更新了知识,提高了素质。

人们不应该怀疑,做好了热身准备的运动员比未做热身准备的运动员更容易赛出好成绩。

实践证明,蓝星公司的超前培训取得了很好的效果,在超前教育培训中得到了巨大的回报。

先进的科技

蓝星公司由七个半青年、一万元借款、一项国家专利技术起家。这项专利技术不仅配方复杂,而且对操作的要求很高,pH值高了达不到清洗的效果,低了会腐蚀设备本体。因此,科技在第一代蓝星人的心中有着特殊的位置和分量。

蓝星公司制定了连续引进、垂直开发的科技发展战略,将世界各国的相关科技成果为我所用,与美国、日本、澳大利亚、法国、德国等许多国家建立了科技合作关系。蓝星公司的清洗技术一直在世界处于领先地位,被公认为世界的清洗大王,因为她吸纳了各国的技术精华。化学、物理、生物等技术在大型化工设备、核潜艇、西气东输管道干燥等工程上大显神威,使世界清洗权威也不得不连声称赞"蓝星OK OK"!

凭着先进的技术,蓝星公司使试车28次未果的星火化工厂万吨级有机硅工业试验性装置试车成功。

凭着先进的技术,蓝星公司使试车多年遇挫的南通合成材料厂的亚洲第一套连续法PBT装置起死回生。

……

科技为蓝星的腾飞插上了有力的翅膀。

人文的关怀

企业的终极目的是提高人民的生活水平。蓝星在企业发展过程中始终把关心人、爱护人作为重要目标来追求。

蓝星在兼并重组国有企业的过程中,遇到了大量的富余人员,如何安置富余人员是对蓝星人智慧的考验。蓝星人交了满意的答卷。任建新总结了星火厂、南通厂、无锡厂等企业的兼并重组经验,提出了"微笑改革"的思路。在操作过程中充分尊重职工的心理承受能力,不将一名愿意工作的人员推向社会。以发展的思路解决富余人员的问题,在星火厂办起了中外合资的酒厂,在南通厂成立了多种经营公司……

这些实体成建制地分流了富余人员。蓝星公司提倡领导干部带头分流,使企业兼并重组中敏感而难办的事情得到了较好的解决。

任建新考虑到国有企业老职工的历史贡献和退休工资较低的现实情况,蓝星公司设立了阳光基金,给予了政策优惠,使参加阳光基金的老同志得到了实惠。其效果是一人受实惠,几代人满意。

任建新为了把蓝星做成百年企业,从公司成立之初就着眼于对下一代的培养,每年都举办一次蓝星夏令营,小营员由几十人发展到如今的1100多人。夏令营的规模在不断地扩大,主题在不断地更新,难能可贵的是一个企业的夏令营十五年如一日,持之以恒。她产生的向心力、凝集力是无法估量的。

超常的奉献

人们都懂得天道酬勤，一分耕耘、一分收获的道理。蓝星人不仅知道，而且勇于实践。

无论是单休日制还是双休日制，蓝星公司始终坚持周六召开办公例会制度，至今已经坚持了20年。在蓝星公司当管理人员首先需要付出和奉献。

蓝星公司的许多年轻职工长期出差或长驻外地，经常发生小孩把爸爸叫叔叔的故事。我还听到这样一个故事，一位工程项目经理因在北京办事在家多待了几天，女儿反倒不习惯了，问妈妈："爸爸怎么还不出差？"

蓝星人懂得，今天的付出是为了明天的幸福，任建新经常告诫下属，我们这一代就是付出的一代，"我们现在还没有资格贪图享受"。

蓝星的飞跃是中国国企的一个奇迹，蓝星飞跃的真谛还有许多，这篇短文挂一漏万，谨以此文寄托笔者对蓝星公司二十岁生日的祝贺。

祝愿我们为之奋斗的蓝星在市场经济的银河中永远闪烁！

海航发展之果与中国文化之因

2008 年 9 月 23 日晚,我和爱人金凤应朋友之邀,在国宾酒店参加了第 170 期"中外名家系列讲座",听取了海南航空集团董事长陈峰先生关于《现代管理与企业文化》的讲座。现将精彩片断与读者分享。

海航是中国企业的一个奇迹,创造这个奇迹的是当家人陈峰先生。陈峰先生曾在民航部门工作,后出国留学,归国后在海南省政府部门工作,因海南陆路交通和水上交通都不发达,省政府领导在 20 世纪 90 年代初期将发展航空业列入了议事日程,有过民航工作和海外经历的陈峰进入了领导的视野。1993 年,当时的省长找到陈峰说,省政府给你 1000 万,由你来筹建海南航空公司,如何,敢不敢受命?

陈峰知道,对于建省较晚、相对落后的海南省来说,组建航空公司是何等困难,而且资金只有 1000 万,买半个机翼都不够,但生性好强、勇于挑战的陈峰,却挑起了这副重担。

15 年后,海航的资产达到 800 多亿元,翻了 8000 倍。而且在中国的航空市场四分天下（国航、南航、东航、海航）有其一，海航之所以成长得这么快，就是因为它能够紧紧抓住每个发展机遇，大胆改革创新。

中央出台股份制改造政策后，海航抓住机遇搞股份制，募集到2.5亿元人民币，通过股权质押又从银行借了6000万美元，买了两架波音737飞机；用这两架飞机到美国办抵押，又借了两架飞机。以四架波音飞机起家，海航当年就实现了盈利。当国家出台新政策允许其他试点行业吸引外资时，海航又抓住机遇，说服华尔街的金融家购买了一亿股海航股权，成立了中国第一家合资民用航空企业。当党的十五大提出鼓励企业兼并、重组的政策后，海航又利用这个机会兼并了新华、长安、太原三家地方航空公司。此后，海航又将海南的两个机场纳入经营业务范围，同时兼并了几个大城市的十多家饭店，搞起了旅游业。这样，海航就成为拥有三个业务板块的集团。海航成为海南省的第一利税大户。

陈峰在讲座上坦言，海航的迅速发展是以中国文化做基础的。陈峰本人是中国文化的爱好者和研究者。他以中学为体，西学为用，他认为真正的商道是得人心，而不是赚取金钱，计利当计天下之大利，何为天下之大利？社会和人民的需要才是大利。一个为社会公众服务的行业，应该把你最真诚的服务、把社会的需求放在第一位，这才是长久之计，长久的商道是人心，而不是投机。

陈峰要求海航的干部要做到"三为一德"：一是要为人之君，即君子般的风度，君子般的责任；二是要为人之亲，即待众生像儿女，待儿女像众生；三是为人之师，要求别人做到的自己先做到，别人从你那儿看到的是为人师表。这三个为构成一个德字,才能平天下人心。

陈峰认为,中国文化的实质内涵其实是儒释道三家一体的精神,是人、人道和做人的学问,其核心是德,任何事都是需要人来做的,每个人又都有做人的标准,中国文化本身就是一种对做人的教育,其中的精粹对于做好企业是大有裨益的。

陈峰说,作为企业领导者,自己做的事一定要清楚,企业领导人要有定力,要做到有定力,就要修身,修身才能齐家,齐家才能治国,治国才能平天下。陈峰严于律己,身体力行。每天坚持读书,每天坚持用毛笔写400字以上的学习心得。并且要求管理人员读书学习,每季交一篇学习心得,陈峰亲自批改,连续三次不及格者,将降级或免职。学习已经在海航蔚然成风。陈峰说,对干部的考核仅靠人事部门是不够的,而是需要企业一把手亲自抓。

陈峰先生的演讲不时被掌声打断,他的观点得到了几百名听众的认可。

意大利国企改革概况及对我们的启示

我有幸于2006年11月15日至17日参加了国资委组织的"中国—意大利国企改革与管理交流研讨会",通过三天的学习交流,对意大利的国企改革概况有了一定的了解,并且认为对我国的国企改革有一定的启示。

走近意大利

2006年是"中国意大利年",自然有更多意大利人关注中国,也有更多的中国人关注意大利。

意大利于1861年独立建国,现为欧盟成员国,位于欧洲南部,与法国、瑞士、奥地利和斯洛文尼亚接壤,三面临地中海。面积为30万平方千米,人口6000多万,94%的居民讲意大利语,个别地区讲法语和德语,大部分居民信奉天主教。

意大利文艺空前繁荣,为欧洲"文艺复兴"运动的发源地,但丁、达·芬奇、米开朗琪罗、伽利略等文化与科学巨匠对人类文化进步做出了巨大贡献。

与欧盟其他成员国相比,意大利资源贫乏,工业起步较晚。

意大利的旅游业比较发达,拥有比萨斜塔、威尼斯水城、古罗马竞技场、埃特纳火山等著名的旅游景点。

1970年意大利与我国建交,双边关系发展顺利,高层互访不断。

意大利国企发展概况

意大利国有企业的历史较长,在1887年就创建了特尔尼钢铁公司等企业。意大利国企控制了邮政、电报、烟草、钢铁等行业。20世纪30年代设立了伊利公司、埃尼公司和埃菲姆公司等国企,加强了对银行、军工、汽车、交通、能源、公用工程等部门的控制,到第二次世界大战前,意大利成为世界上仅次于苏联的最大工业企业所有者。

意大利和许多西方国家一样受凯恩斯主义影响,反对放任自流的经济政策,明确提出国家直接干预经济的主张。20世纪的50和60年代,意大利的国有企业获得了快速发展,创造了经济发展的奇迹,GDP以6%以上的速度增长。而到了90年代,意大利国有企业普遍遇到了困难,造成了严重亏损,由于国有企业在国民经济中的比重过大,国有企业的严重亏损给整个国家的经济带来了危机。因此,国企改革不得不提上重要日程。

意大利国企改革的动因

任何事物的发展都有其规律,意大利的国企改革也有着内在的和外在的动因。

(1)国企严重亏损,导致政府财政负担过重是国企改革的经济原因。到了20世纪的90年代,国企普遍亏损严重,仅伊利公司的亏损就达到320多亿欧元，国家财政困难，国债数额巨大。因此政府不得不探索国企改革之路。

（2）来自欧盟外部的压力是意大利国企改革的外在动因。欧盟为了解决成员国的金融和财政方面存在的困难和问题，大力推行经济自由化，鼓励成员国减少国有股权比例，并派出专家到意大利进行指导，从而从外部推动了意大利的国企改革。

（3）国内外投资者购买国有资产的欲望使国企资产和股权转让有了市场。

（4）企业家市场的不断成熟使国企改革成为可能。

以上四个主要因素成为意大利国企改革的主要动因。

意大利国企改革的成果

（1）增加了财政收入。意大利国企改革即部分产权私有化最直接的成果就是改善了政府的财政状况。一方面甩掉了大批国企亏损的包袱，另一方面通过出售国有资产获得了一笔可观的收入，使意大利的公债大大降低，政府从财政危机中解脱了出来，这是最重要的一项成果。

（2）促进了股市发展。意大利国企资产的出售转让主要是通过股市进行的。这些年股市有了400%的增长。使国家资本化水平大大提高，从20世纪90年代初期只占GDP10%到目前的70%左右。

（3）给居民带来了实惠。一方面广大居民通过参与股市从中获益；另一方面公共服务业通过打破垄断，引入竞争机制，使服务成本大大降低，也使居民受益匪浅。

（4）改善了政府形象。通过国企改革，增加了财政收入，居民从中得到了实惠,居民对政府的满意度不断提高,国际社会特别是欧盟对意大利也刮目相看,使政府的形象大为改善。

意大利国企改革对我们的启示

(1)保持国家的控制权。一个国家国企的产生、发展、改革都有它的规律性和合理性。市场手段和行政手段并不是相互割裂的,而是对立统一的。纵观意大利的国企改革,也绝非完全私有化,而是国家在有关国家安全和重要的公共领域仍然保留着一定比例的股份。如伊利公司对一些重要的行业拥有30%左右的股权。值得一提的是,意大利政府在法规和公司章程上做出了一些有利于政府控制的制度安排。如他们设立的"金股"和"参照股"就对国有股赋予了特别的权利,如"金股"和"参照股"不论所占股份比例多少,具有对重大决议的一票否决权,从而保证企业体现国家意志。因此意大利的"金股"和"参照股"制度值得我国学习,在减少国有股份的同时,增强国家对企业的控制力,体现国家的意志,对于我们社会主义国家来说具有更重要的意义。

(2)保护职工的切身利益。意大利政府在国企改革时充分考虑了改革的力度、发展的速度和职工的承受能力三者之间的关系。意大利工会组织的力量强大,企业招聘员工容易,但解雇员工非常困难,工会代表国家保障员工的切身利益。从意大利国企改革的实践来看,企业的性质虽然发生了改变,但员工下岗的数量却比较少,企业对富余员工作了较好的安置,因此,意大利国企改革的推进比较平衡。这一点也是值得我国学习和借鉴的。我国在安置国企富余职工方面进行过多种方式的探索,有的方式负面作用较大,有的比较成功,如主辅分离辅业改制就是一条适合我国国情的解决富余职工就业的成功之路,应该努力把它做好。

(3)建立健全法人治理结构。国企改革绝不是一卖了之,而是要使改革后的企业得到发展。实践证明,一个企业的健康发展离不开好的治理结构。意大利在建立健全企业法人治理结构和企业管理方面进行了有益的探索。在这次交流研讨会上,多位著名的经济学家和著名的企业家亲临会场或通过网络视频对他们的治理结构和管理经验作了介绍,使与会者有所受益。比如他们实行的外部董事制度、自我规范原则、董事会的5C(管理、贡献、指导、控制、遵守)职责;组织结构的深化(他们在传统的职能结构、部门结构、矩阵结构之后,又发展了动态网络组织和委员会结构);新的管理和监控体系等,对我国的企业治理和管理都具有重要的借鉴意义。

品味人生

　　人生如一坛老酒，越陈越香醇。圣人孔子说："三十而立，四十而不惑，五十而知天命，六十而耳顺，七十而从心所欲，不逾矩。"随着自己年龄的增长，对这段话的理解越来越深入透彻。人生经历越多，对事物的看法会越全面越深入。庄子在《秋水》篇中说："井蛙不可以语于海者，夏虫不可以语于冰者。"因为它们受到时空限制，没有共同语言。

心灵也需要放假

——游罗马湖之畅想

"忙"是现代职场人士的一种常态，大家都在为生计忙，为名利忙，忙得不亦乐乎。

建华也一样是一个"忙"人，因为20年前进入了一个"忙"的公司。蓝星公司、中国化工集团公司的当家人任建新是一个"工作狂"，以"五加二、白加黑"而著称。在这样的领导手下担任中层干部，自然会以忙为伴。20年来，基本上是周六保证不休息，周日休息不保证。这样一路走来，也成了一种生活习惯。

对得起的是工作，对不起的是家庭。好在建华的爱人金凤通情达理，对建华的忙碌更多的是给予理解与支持。家里的大事小情基本由她一肩挑起。老家人给我们家打电话，很少找我，多数找她。如果说我是处理家庭公司大事的董事长的话，我们家一年到头基本上没有什么大事，有金凤总经理处理就够了。

除了忙工作之外，建华的业余时间主要用于读书、写作。从2005年以来，每年有一本专著出版。近年来，被《化工管理》《现代企业文化》《中外企业文化》、凤凰财经频道、中国经济网聘为专栏作者,撰写专栏文章。还为一些企业作传统文化和企业管理讲座,旨在弘扬中国传统文化,将传统文化由象牙宝塔引向十字街头。

忙碌的工作和生活,常受到爱人和儿子的不满。他们希望我不要太累,要给自己减压,多增加户外有氧运动,并为我购买了运动鞋和运动服。我愉快地接受了他们的建议,多陪凡宝,走近大自然,享受童趣乐趣,不时给自己的心灵放个假。

不少人都有这样的感悟,脚步太快了,心灵跟不上。长期如此,人的身心容易出问题。

建华到中国化工博物馆工作后,多了一些参观博物馆的机会,认识到了博物馆对于人类教育的作用。建华曾有一个计划,多陪凡宝参观博物馆,多游览周边景点。

有一段时间,北京出现了难得的高原蓝,北京人一见到蓝天白云就欣喜若狂,微信上尽是北京蓝天白云的照片,可见,蓝天白云之于北京人是何等喜爱。

一个周日的上午,建华提议带凡宝到罗马湖游玩,呼吸新鲜空气,晒晒太阳补补钙,这一建议得到了全家的响应。我们从蓝星花园驱车来到了罗马湖。

蓝蓝的天上飘着白云,湖水在微风中激起漪涟,湖岸的垂柳下有三三两两纳凉的人,有的铺上了野餐垫,还有用手推车推着年迈行走不便的老人。最专注的当属垂钓者,他们支起专业钓竿,目不转睛地盯着浮漂,期待着鱼儿咬钩。不时看到有垂钓者将贪嘴的鱼儿拖出水面,活蹦乱跳的鱼儿将成为人们的盘中美餐。有一对老年垂钓夫妇,钓到了一条大鱼,将几经挣扎的鱼拖到岸边，当用网捞取鱼时，烈性的大鱼将网捞竿挣断而逃走，令他们遗憾不已。

凡宝犹如出笼的小鸟，看到什么都感到新鲜。由爷爷和奶奶陪着在湖边抓小鱼、螺蛳，将猎物装进了矿泉水瓶里。凡宝既想要爷爷帮助抓鱼，又害怕爷爷下水不安全，一直不让爷爷下水。

一个上午，放松了心情，挣脱了手机控制，给心灵放个假。

静下心来陪凡宝，融入大自然，看云卷云舒，观日转荫移。当静下心来与天地对话，赏万物变化时，别有一番风采。

看似平静的湖面，当我们走近它、观察它的时候，会发现水底世界十分活跃。且不说湖心深处有大鱼潜藏，看这浅水岸边，你会发现：小鱼儿在欢游觅食，小浮游生物在穿梭，小螺蛳不时张开盘嘴缓缓移动，都在为生存奔忙。这时，一只一伸一缩的蚂蟥进入了我们的视野，令我们一阵惊喜。我告诉凡宝，这叫蚂蟥，以吸动物的血为生。我们老家水田里很多蚂蟥，当年爷爷插秧时不仅要经受太阳高温的烤晒，而且要遭受蚂蟥的侵扰，脚上常常会被蚂蟥叮得鲜血直淌。来北京近20年很少看到蚂蟥，今天见到了罗马湖的蚂蟥，好生惊喜。我们没有终结蚂蟥的生命，让它自由自在地生活，因为万物皆有好生之德，吸血也是它的生存需要。

我们这个世界就是由种类丰富的生物所组成的。它们和谐相处，组成了高低不同的生物链，缺少了哪个环节就会出现生态异变、失去和谐。

我们人也一样，需要各种不同的职业，不同的分工，才能保证社会的正常运行。无论我们从事何种职业，都应当履职尽责。社会就像一台机器,每个人都是机器上的一颗螺丝钉,我们应当当好一颗螺丝钉,为机器的正常运行发挥作用。

放松了心灵,思绪如同白云,天马行空,自由飞翔,走进灵魂深处,想了许多忙碌的时候没有来得及想的问题。这是一种难得的幸福。

凡宝一声"爷爷,我走累了,快来背背我"把我从沉思中唤醒。于是,我背着凡宝沿着湖岸的柳荫一路前行,一直到小车旁。

我们愉快地结束了罗马湖之游。

雨中散步

2015 年的夏天，北京降雨较多，常常是夜间下雨，白天放晴。给干旱的京城增加了滋润。

一天傍晚，京城大面积降雨，有些地方大雨倾盆，还伴有冰雹降落，砸得车玻璃上啪啪作响。这场大雨为下班族带来了出行的不便。

晚饭后，蓝星花园的天空仍然电闪雷鸣，雨仍下个不停。散步的时间到了，家人建议我在屋内散步。

我在屋内来回转了几圈，总觉得不爽。发现窗外雨稍小了一些，我便下楼来到每晚散步的花园广场。

只见大雨过后的广场，没有了舞者，没有了葫芦丝的声音，也没有了散步的人群。低处积了或深或浅的雨水。槐树花散落了一地。一只猫儿在草丛中穿梭觅食。树枝被雨水压低了许多。有些雨点被茂密的树叶遮挡，有些雨点洒落在了身上。

偌大的广场只有我一个人。我寻找没有积水的路面行走。我深深地呼吸着大雨过后的清新空气，觉得特别甜，特别清新，特别舒适，再大口地呼出，不断地循环，与天地融为一体，在这样清新的环境中自己也逐渐地洁净，回归本真。

正像老子所说："飘风不终朝，骤雨不终日。"再任性的老天也有疲劳的时候，雨慢慢地小了，我的脚步却在不断地加快，里程和消耗热量数值在不断地攀升。

电在闪，雷在鸣。好像老天抽打着鞭子，催促着雨儿快点下来，但雨儿却需要盘整，积蓄力量发起冲锋。雷声一阵紧似一阵，当积蓄了力量的雨儿再次发起冲锋时，我一个小时的散步时间也到了。我说了一声拜拜，结束了一天的散步运动。

雨后散步，别有一番从未有过的情趣。由此也使我感悟到，世上的许多事情只要坚持去做，并没有想象的那么难。雨后散步是这样，其他的事也是这样。

如何分享首都优势？

　　首都是指一个国家最高政权机关所在地，通常是该国的政治、文化中心。北京是我国的首都。

　　作为出生在远离首都地区的我，以前未曾想过到北京工作和生活，10多年前一个偶然的机会，在贵人的相助下全家来到了北京。

　　我一直在思考一个问题，工作和生活在北京，如何发挥首都优势？任何事物都是一分为二，利弊共存的。北京之所以被许多人所向往，是因为有许多优势，要不"北漂一族"就不会存在。但北京作为特大城市，与中小城市相比，在生活方面也有不少劣势。比如，北京的交通拥堵，世界闻名；空气污染比较严重；生活成本特别是房价比中小城市要高出许多。

　　作为理性的人，都有趋利避害的本能。既然生活在北京，作为一般的平民百姓来说，是很难避免大城市病害的。应该从充分发挥优势来补偿。我注意到，北京有一大与平民百姓相关的优势可以分享。北京的思想和文化的传播是其他城市不可比拟的。

因为中国乃至世界的精英想要出名成事,大都会选择首都。北京每天都有大量的沙龙、讲座、论坛在举办,而且大多数都是免费的。只要有兴趣,大家都会找到适合自己的活动。

10多年来,我每月都会参加一至两次活动,因此,也结识了不少专家学者,在与他们的交往、交流中受益匪浅。我经常向朋友传播一种观念,听讲座是一种很好的学习方式,因为,许多专家学者积累多年甚至几十年的知识、经验,在较短的时间内与听众分享,传播的是精华,听众能够收获事半功倍之效。这是我10多年来深切的体会与感受。建华也由一位忠实的听众成为一名中国文化和管理沙龙、论坛的主持主讲者,将正能量传递给更多朋友。

我也了解到,许多朋友很想结交朋友,充实自己,但却不愿意走出去,不愿意扩大社交范围,老是局限在很小的圈子里,因此,难以接收到更多的新观念新知识。我觉得,生活在北京,如果不善于发挥首都优势,只是遭受北京的拥堵、污染之害,是不合算的。

读者朋友如果想参加北京的文化、经济、人力资源等方面的沙龙、讲座、论坛可与我联系,我乐意提供这方面的信息。希望更多读者在交往、交流中增长知识和智慧,收获幸福和快乐。

寻找到一个因果解释

我记得几天前用过驾驶执照,此后没有开车,坐通勤车上班。

一天晚上,想起车辆快要年检了,找驾驶执照看看什么时候到期。首先在公文包里找,翻遍内外,没有找到;然后翻遍近期穿的衣服,不见踪迹;接着找遍书桌抽屉,还是没有找到。爱人金凤也帮我分析,一起寻找,不断扩大范围,什么床头柜、梳妆台、衣柜等,明知不可能放在那里,但还是心存侥幸病急乱投医。

折腾了挺长时间,该找的地方都找遍了,还是不见那本驾驶执照。

此时我习惯地运用了应对挫折公式:

(1)接受已经发生的事实。

(2)做出最坏的心理准备。

(3)寻找最佳的解决办法。

实在找不到,大不了补办一个。从网上一查,我们家附近就有一个车管站,双休日照常办公,准备两张一寸照片、10元工本费就可搞定。这个应对挫折的公式果然管用,心情也轻松了许多,没有影响晚上睡觉。

早上醒来又想起寻找驾驶执照之事。虽说补办一本驾驶执照不是难事,但这本驾驶执照怎么就找不到呢？到底在哪里呢？于是思考着所有可能性。

根据我平时的习惯,我应该会将驾照放在公文包里,这几天坐车习惯把公文包放在通勤车的行李架上,是否有可能是拉链没有拉上,驾照从包里震出来了呢？这种可能性是存在的。于是我决定早上坐通勤车上班,等大家下车后,检查一下行李架,看能否找到驾照。

早上通勤车到了公司,同事们下车后,我跟师傅说,要在行李架上寻找一下驾照,结果真的在行李架上找到了我的那本驾照,令我十分高兴。我赶快把好消息告诉了金凤。金凤说:"你那本驾照害得我一晚上没有睡好觉,你怎么补偿？"我说:"你说怎么补偿就怎么补偿！"

记得有一位古希腊哲学家德谟克利特说过:"宁可找到一个因果的解释,不愿获得一个波斯王位。"我找到因果解释的愉悦之情不言而喻。

茶垢与习惯

　　大凡喝茶的朋友都有这样一种经历,洁白的茶杯用了一段时间之后就会结上茶垢。擦净之后,过一段时间又会结垢。

　　按说洁净光滑的茶杯是不容易附着他物的,但经不住时间的浸染,日复一日,时间一长,茶垢就结成了。

　　由此使我想到,一个人养成好习惯非常重要。好的习惯会使人慢慢受益,而不良习惯会使人日久受害。

　　比如,一个人如果能够从小养成锻炼身体的习惯,并且持之以恒,会对身体健康有益。现实生活中往往是,年轻人由于身体强壮很少锻炼,到年老体弱,毛病频出之后才认识到锻炼身体的重要性,虽然只要开始就不晚,但却丧失了最佳时期。

　　再比如,许多人贪图美味,常常饮食过度,久而久之,吃成了"三高"(高血压、高血脂、高血糖)而深受其害。据专家介绍,现代疾病80%与过量饮食有过,如果能够养成良好的饮食习惯,适度饮食,无疑是有益于健康的。

　　另外,养成每天读书的习惯非常重要,如果一个人每天能坚持读 10 页书,那么一年就可读 10 多本书。每天抽出点时间读书其实并不难,难的是持之以恒。有学者说,一个人的成功取决于晚上八点到十点,这两个小时在干什么很重要,如果用于读书学习、研究学问、充实知识,将会受益终生,如果用于打牌、赌博,相当于浪费生命。

以上是我关于茶垢与习惯的一点联想,与读者分享。

加减之大道

光阴荏苒，岁月增寿；冬去春来，序齿添加。算术运算，始自加减。增加减少，伴人一生。

加减虽简，蕴含大智。陈景润因演算"一加一等于二"而摘取数学皇冠上的明珠，为中华民族争得荣光。

当我们一声啼哭来到人间，在父母的精心抚育下，我们的体重身高不断增加，活动空间陆续拓展，求知欲望不断增强。

当我们背起书包上学读书，在老师的谆谆教诲下，我们不断增长知识、明白事理、增强本领。

当我们步入职场，在上司的指导和同事的帮助下，不断提高素质、增强能力、晋升职位、收获荣誉，成就事业。

当我们创办企业，在销售产品、服务民众的同时，获取利润、传播名声、奠定基业。

由此可见，一个"加"字占据了我们人生的主旋律。

然而，"加"得越多并不等于幸福越多，有时甚至离幸福越来越远，使烦恼越来越多。

人法地,地法天,天法道,道法自然。孔子曰:人生有三戒:少年戒色,壮年戒斗,老年戒得。意在告诫人们,幸福人生不仅要懂得增加,而且要懂得减少,要懂得舍得之道,有舍才有得。

古代智者诸葛亮曰:"淡泊以明志,宁静以致远。"在此浮华风气盛行的今天,减少名利之欲,调控功利之火,掌握中庸之道,有利于我们神定气闲,走得更远。许多所谓精英能人,为追逐名利,扑火飞蛾的前车之鉴值得记取。

职场成功人士更要惜福感恩、增加诚信、远离虚假。要义中取利、节欲减压、慷慨解囊、扶危济困、回报社会。

广告企业,要坚持道德底线,发挥链接信息孤岛之功能,使深巷好酒昭示世人。要防止虚假宣传、不实包装、误导受众。

哲人怕因,凡人怕果;事出有因,有因有果。

何谓加减之大道?答曰:增加幸福,减少烦恼。

开发您熟悉的智慧

——弘扬中国文化从《增广贤文》开始

应美国国际东西方大学北京研究院邀请,2009 年 10 月 18
日,我参加了东方管理研讨会,我在会上作了以《开发您熟悉的
智慧——弘扬中国文化从〈增广贤文〉开始》的演讲。

我首先与参会的几十位朋友作了一个互动。我说"近水楼台
先得月",台下的许多朋友马上回应:"向阳花木易为春";我说:
"若要人不知",台下马上回应:"除非己莫为";我说:"君子爱
财",台下马上回应:"取之有道";我说:"常将有日思无日",台下
有朋友回应:"莫待无时想有时"。

我说,我们刚才说的这些话都是我们的爷爷奶奶、外公外婆
经常教育我们的话。这就是《增广贤文》。《增广贤文》既是中国
文化的通俗读物,又是中国文化的集大成者;是一本雅俗共赏的
启蒙读本,是一本广受欢迎的好书。无论是没有文化的老太太,
还是学富五车的老教授,无论是年轻的小伙子,还是年长的老同
志,无论是种地的农民,还是研究宇宙飞船的专家,其实我们每天
都在使用《增广贤文》。

我建议大家，如果没有时间和精力钻研四书五经、二十四史，也无意成为国学大师，不妨抽点时间学习品读《增广贤文》，将会受益终身。

我向朋友从六个方面介绍了《增广贤文》。

一是集体创作。《增广贤文》没有署名作者，属于集体创作的作品。目前以清代同治年间周希陶先生重订本为权威版本。周希陶先生以平、上、去、入四韵编辑整理，并略加音注释典，更便于诵读，得到后人认可。

二是内容丰富。《增广贤文》共11000多字。主要来源于经史子集、名人名言、名著警句、格言谚语。主要内容有为人处世、立志学习、勤奋谦虚、淡泊明志。

三是对仗工整。《增文贤文》表现形式非常讲究，前后句子对仗工整。这是有别于其他读物的一大特色。

四是通俗易懂。《增广贤文》与《三字经》《百家姓》《千字文》等属于课外读本和通俗读物，因此内容通俗易懂，无论文化程度高低，一般读者都能够读懂或听懂。

五是广泛流行。《增文贤文》明清年间在我国城乡广泛流行，一些地方甚至有"除了贤文不说话"之说。时至今日《增广贤文》在我国城乡仍然有着深厚的根基。

六是与时俱进。《增广贤文》的"增广"之意按今日之说法就是与时俱进，不断地淘汰过时的、消极的内容，增加体现新时代的内容。如淘汰的内容有"人无横财不富，马无夜草不肥"，"人为财死，鸟为食亡"等；增加的内容有："吃得亏，坐一堆"，"要得好，大做小"，"诚信能招四方客，欺诈疏远亲兄弟"，"因循守旧，举步维艰;锐意创新,步步领先"等。

我将自己研究《增广贤文》的成果出版成"贤文系列丛书"——《贤文与股市》《品贤文谈做人》《品贤文谈管理》《品贤文谈知识产权》的心路历程向朋友作了介绍。

会后许多朋友纷纷与我交流,有的说从小就读过《增广贤文》,非常喜欢《增文贤文》;有的说《增广贤文》确实很好,今后要认真学习研究;有的说从这些贤文中受益。

在研讨会上,来自宝岛台湾的石咏琦女士、中华东方文化书院执行院长乾泉、北京大学人本管理研究中心副主任阎雨分别就"姜太公的三略""易经智慧"和"中国管理C模式"等研究成果作了演讲,研讨会取得了圆满成功。

宽容是一种智慧

宽容是指宽大有气量,不计较或不追究,能容忍别人。

我国先祖往圣深谙宽容之道,留下了许多有关宽容的教诲。庄子曰:"常宽容于物,不削于人,可谓至极";明朝薛瑄说:"人有不及者,不可以己能病之";《增广贤文》曰:"饶人不是痴汉,痴汉不会饶人。"谚语有:量大好做事,树大好遮荫。

宽容是最美丽的一种情感,宽容是一种良好的心态,宽容也是一种崇高的境界,能够宽容别人的人,其心胸像天空一样宽阔、透明,像大海一样宏大深沉。宽容是心理养生的调节阀。宽容是一种良好的心理品质;宽容是一种非凡的气度;宽容是一种崇高的境界;宽容是一种仁爱的光芒;宽容是一种人生的智慧。它不仅包含着理解和原谅,更显示着气质和胸襟。一个不会宽容,只知苛求别人的人,容易生气发怒。中医理论认为,怒伤肝,从而导致神经亢奋、血管收缩、血压升高,使心理、生理进入恶性循环。

宽容别人,说起来容易,做起来却比较难,需要一个修炼的过程,我也经历了这样一个过程。年轻气盛是一般常人的状态,我也曾经有过争胜好强,不肯服输,甚至有不能宽容别人错误而生气发怒的时候。

在研修中国传统文化的过程中,逐渐领悟到宽容的益处,并且付诸实践,从而受益,这10多年来,很少生气发怒,心态平和,吃得香,睡得着,并且周围有一群好友。

在此与读者分享一例。2010年4月我应国资委研究中心之邀,在武汉归元寺宾舍举办的班组建设高级研修班讲课。主办单位负责人事先调试过音响,不料到讲课时,音响出了问题。一会没有声音,一会噪声刺耳,如此反复,严重影响了讲课效果。

据工作人员介绍,是因为会场人太多,干扰太大之故。负责音响的两位师傅忙前忙后,反复调试,但不见成效,急得头上冒汗,学员们逐渐不太耐烦了。

在这种几乎失控的情景下,我提高了声音对学员说:"今天碰到了暂时的音响问题,请大家多一些宽容之心,我们应以热烈的掌声为师傅们为此付出的努力表示感谢!这个责任主要在我,应该从我身上找原因,如果我的声音足够洪亮,不用麦克风也能让大家听得明白,就不会有现在的尴尬。我的声音不够洪亮,主要是小时候父母和外公外婆过于疼爱我,让我哭得太少,肺活量不够大。在座的各位,今后别太溺爱你们的孩子了,小时候让孩子适当哭一哭,有利于提高肺活量。"

此语一出,学员们静下一阵之后,报以热烈掌声。

负责音响的负责人听了我这番讲话,赶紧派人安装了第二套音响系统,有线的,无线的全上了,保证了良好的音响效果。

这位负责人非常感激,因音响效果不好向我深表歉意,在与我交流时说,做了几年的会场音响,从未见过这样宽容别人的老师。

我说,宽容别人是人的本性,应该感谢你们的努力!

请关注日常生活中的非线性现象

在展开这个话题之前，先温习一下"线性"与"非线性"的概念。线性是指量与量之间按比例、成直线的关系，在数学上可以理解为一阶导数为常数的函数；非线性则指不按比例、不成直线的关系，一阶导数不为常数。

在了解了什么是线性与非线性概念之后，我们来看看日常生活中的事例。

我们家离公司大概33千米，因北京路堵的时候多，一般都要开四五十分钟，遇到特殊时期就更没谱。我经过多次试验，如果6点40前从家出发，路上就比较顺畅，7点20左右就能到公司。如果6点50出发，路上就比平常堵得多，高速公路取票处和交款处都得排队，北四环也不顺畅，到公司的时间就接近8点。按照数学计算，6点40出发到公司只需要40分钟；如果晚10分钟到6点50出发，到公司则需要60多分钟。即晚10分钟出发，并不是晚10分钟到，而是晚20多分钟到，我把这种现象定义为生活中的非线性现象。其中的道理，大家都好理解，赶早的人少，车速就快,因此,我喜欢早点出发早到公司。如果多数人都赶在这个点上就容易堵车影响速度。

由此我想到生活中还存在许多非线性现象。比如学习是需要记忆知识的,年轻时花一天时间可能要比年老时几天时间的效果要好。比如女士们生孩子的最佳年龄在30岁之前会比较顺利和安全,30岁之后生孩子则比较麻烦且风险较大。比如锻炼身体,如果从年轻时候开始并持之以恒,身体素质就会较好,如果等到身体不好了年龄大了才锻炼,效果就会差得多。比如学习语言,效果最好的时期是在少年时期,年龄大了以后方言就很难改掉,在讲话时会留下一定的方言烙印。别说一般的平凡人,就是伟人也是如此,毛主席非常伟大,他号召全国人民普及普通话,而他老人家一生讲的都是他老家的湖南话。

这些都说明生活和自然都是有规律可循的,要想提高效率,成就人生,一定要善于探索生活和自然规律。只有掌握规律,即我国古人讲的"道",并且顺道而为,才能取得事半功倍的效果。

读者朋友不妨琢磨一下您生活中的非线性现象。

受人鱼与常吃鱼

据说清朝有一位地方官员特别喜欢吃鱼。一些有求于他的人,投其所好,通过多种途径给他送来上等好鱼,但他概不接受,一一退回。一位知己问其缘故,这位官员答道:我身为朝廷命官,领取朝廷俸禄,足够天天买鱼。我如果接受别人的贿赂,违反朝廷规矩,必定遭到革职,失去俸禄,将会无钱买鱼,有可能因为吃了别人送的一餐鱼,而失去今后天天吃鱼的机会,两相比较,利弊显见。

这位官员懂得世界上没有无缘无故的恨,也没有故缘无故的爱。为什么有人给他送鱼,是因为他手中拥有权力,想通过他手中的权力达到个人的目的。而当他没有权力和失去权力,不能为他人达到目的时,恐怕就没有人给他送鱼了。

这位官员还懂得,事物是由量变到质变的。一个官员偶尔接受别人送一次鱼,可能不会被查办革职,但可怕的是,作为一个官员一旦失去了准则,防腐拒变的防线一旦破裂,就有可能走向堕落。今天可以接受别人的鱼,明天就可以接受别人的钱。俗话说:"吃了别人的嘴软,拿了别人的手短"。到头来,只能拿原则当交易,以权力谋私利,最终难以逃脱革职查办的下场。因此,尽管这位官员喜欢吃鱼,但从不接受别人送的鱼,他不接受别人送的鱼是为了今后能够常吃鱼。他的高明之处是能看明白人生的三步棋,而不仅是眼前的一步棋。

这则故事今天讲来,仍然使我们从中得到启迪,受到教育。

封建社会的官员尚如此,我们社会主义国家的公仆更应该见贤思齐,学会辩证思维,做到廉洁自律。我们手中的权力是党和人民赋予的,只有为人民服务的义务,没有谋取私利的理由。我们党的干部一方面要牢记全心全意为人民服务的根本宗旨,一方面要学会保护自己。孔子曰"君子爱财,取之有道"。领导干部只能领取合法报酬,不能侈望获取意外之财,得了意外之财,是不踏实的。许多本应很有前途的干部,因为接受贿赂,贪图外财断送了前程。胡长清、成克杰等高级官员不就是接受贿赂,贪图意外之财而丢了性命的吗?他们也都是从小额受贿开始的,关键是思想防线一旦突破,后果就不堪设想。如若世界上有后悔药可吃的话,再多的钱财,他们也不会动心。

以上事例,给每一个手中握有权力的领导干部敲响了警钟:只有筑起防腐拒变的防线,才能经受各种风浪的考验,廉洁自律,从小事做起。

要当心氧气中毒

大自然的进化,适者生存,不适者淘汰。

据有关资料介绍,海洋深处的鱼,为了适应在低氧环境中生存,而减少活动,减少耗氧,生活得悠然自得。

人们为了改善海洋生物的生存环境,在海里移植了制造氧气的海藻植物,本以为对海洋生物有好处,但结果却出乎意外,一些深海鱼类因氧气过多而中毒死亡。也有一种鱼类适应环境,由以前的懒动变成了多动,以此消耗过多的氧气而得以生存。

海洋深处的案例,给人类带来了有益的启迪。

这个世界唯一不变的就是变化,要想在这个世界上生存就需要适应环境的变化。

低氧环境不一定是坏事,高氧环境也不一定是好事。如果不能减少运动、降低消耗就无法在低氧环境下生存。如果不增加运动,增加对氧的消耗,就无法在高氧环境下生存。

生活清苦时,一些人营养不良,双腿浮肿,对健康不利。而生活富裕时,营养过剩,导致"三高",即高血压、高血脂、高血糖,是很多疾病之源。现在城市人80%的疾病来自营养过剩,是一个值得警惕的现象,而避免营养过剩,抵制口欲需要顽强的毅力。

名利是个好东西,人一般都有追求名利的欲望。但名利有点像深海的氧气,如果取之无道,那么也会产生氧气中毒。几乎每天都有人因名利而毁了自己,伤及家人,危害社会。能够淡泊、宁静的人需要参透本末、洞察人生,需要大智慧。

氧气虽好,多了也会中毒。

枣树赞

你认识枣树吗？也许你对它并不感兴趣，甚至有几分讨厌吧！

那枣树皮肤粗糙，浑身带刺，弄不好它还会扎人。

春回大地，万物复苏，百花盛开之时，那枣树却无动于衷，无意争春。

然而，我对枣树却情有独钟，萌发了赞美之情。

这枣树不与桃李争艳，不与兰花比芳，甚至外表丑陋，但枣树却实实在在地为人类做出奉献。《增广贤文》道："牡丹花好空入目，枣花虽小结实成"。那枣子可谓果中佳品，既可熟食，又可生吃。据有关资料介绍，枣子营养丰富，含人体需要的多种微量元素，尤其是儿童的优良补品。

少时，我亲自栽过几棵枣树，几年之后，便受其惠，儿子上幼儿园时，别的孩子带着酒心巧克力，一到夏秋季节我儿子小口袋里常装着家里的大红枣，几颗红枣能使儿子幼小的心灵得到满足，他会跟阿姨说："这是我爸种的枣子"。

枣树既是树中的"寿星"，又是林中的"硬汉"。枣树很少遭病虫侵害，历经几百年仍然充满生机，桃李在它面前只能是匆匆过客。枣树木质特别坚硬，即使是死后仍可当重任，在农家器具耐磨耐压的关键部位常常可以看到枣树的身影。

　　这就是再平凡不过的枣树，你有理由不赞美它吗？

珍贵的友谊

　　一天，中国轻工集团副董事长、海诚国际工程投资总院院长张静之派司机接我和我的同事郑进到他那里一聚，迎接新年，畅谈友情，使我们感激不已。

　　张静之同志在央企学习实践科学发展观活动中，被国资委委任为第十六检查指导组组长，负责中国化工集团、中材集团、中建集团、节能集团、中房集团等7家央企学习实践活动指导检查工作。我被中国化工集团任命为材料组组长，负责主要材料的起草工作，因此与张静之先生打交道较多。在张静之组长、刘春副组长等同志的指导下，我们的分析检查报告和整改报告都得到指导检查组的充分肯定。

　　张静之组长到中国化工集团作过几次指导检查，每次讲话都有新意，让听众受益。他还利用自己的人脉关系和资源为企业解决困难，为企业发挥了超值效应，因而受到集团公司领导的尊重与感激。

　　张静之先生家学深厚，老父亲从事教育工作，具有高深的学识和高尚的品格，静之先生从政之后，老父除了当面教诲之外，还书写对联教育他交友、处世；勉励他廉洁、勤奋。老先生书法造诣较高，静之先生一直将父亲的勉励作为座右铭，至今他的办公室仍然挂着父亲书写的"生逢知己便于相规劝，交有同怀以利同切磋"，这也是静之先生处世交友的原则。

临别之时，张静之先生还送给我们每人一本由他主编的《整合创新发展》图书。书中收录了张静之等海诚国际工程投资总院领导近几年来的讲话和文章，记载了海诚总院的发展历程，是一本值得一读的好书。

人生除了工作之外，还需要有几位好友。好友能够帮助我们立志、解惑，能给我们带来激励和快乐。我想张静之先生就是这样一位良师益友。

敬畏生命

2016年6月6日早晨,我在蓝星小区花园广场散步时,看见一位右腿有些不便的大姐用自制四轮车拖着一条老态龙钟的狗狗来到花园广场。这一幕引起了我的好奇。

我与大姐攀谈了起来。大姐姓蔡,名光华。她说,她们家这条狗狗叫胖胖,已经11岁了。胖胖俨然像一个家庭成员,11年来与家人朝夕相处,给家人带来过许多欢乐。

胖胖的体态越来越胖,近年来出现了行走困难。蔡大姐带着胖胖四处求医。医院做了一大堆的检查化验,告知胖胖身体缺钾,四条腿有三条有积液。蔡大姐带着胖胖到医院抽了几次积液,本想为它做手术,但因缺钾不敢使用麻药,怕胖胖下不了手术台。后来,蔡大姐听说中国农业大学的宠物医院医生的医术高明,蔡大姐就带着胖胖到那里求医。医生开了一大堆药给胖胖吃。后来,胖胖背上长了一个大瘤子,医生也不敢动手术,只能保守治疗。

蔡大姐每天不仅喂狗食,喂狗药,而且每天用自制小车推着胖胖到楼下花园遛遛。当蔡大姐叫一声："胖胖"时，胖胖马上回过头来，向蔡大姐友好地摇头摆尾。狗通人性，且是有义之动物，谁对它好它心中有数。

一个社会的善良，一个人的仁义，体现在点滴平凡小事，尤其是对弱势群体的关心之上。越是文明的社会，越有乞丐生存的空间，越是文明的人越懂得对生命的敬畏与尊重。佛家有言："扫地恐伤蝼蚁命，爱惜飞蛾纱罩灯。"我们这个浮躁的社会更需要对生命的敬畏，对万物的仁爱。

一个对病残狗狗有如此爱心的蔡大姐，值得为她点赞。

登山之感悟

一个秋高气爽、风和日丽、景色宜人的周日上午，集团公司组织了一次机关人员登山比赛活动，70多名同志抱着愉快的心情参与了这次活动。我作为此次活动的参与者，感悟颇多，选其二三与读者朋友分享。

行百里者半于九十

"行百里者半于九十"是大家熟悉的一句诗。意思是：若是百里之行，走完九十里才能称得上一半，因为后面的十里会更难、更累，相当于前面的九十里。人们常说万事开头难，但也有不少事却是结尾难的。

谁若对"行百里者半于九十"这句诗的含义还不太理解的话，就去参加一次登山比赛吧！您就能从中体验到前面的行程是比较轻松的，后面的行程是艰难的。我们这次登山的起点是"二处"，终点是"七处"，多数同志到达"六处"之前比较轻松，速度较快，而到达"六处"后就会比较艰难，许多同志都大汗淋漓、气喘吁吁、腰酸腿痛，每上一个台阶，都非常艰难，不少同志选择了放弃。道理很简单,此时此处人的气力和精力被前面的行程消耗太大,登山能力急速下降,要将自己的体重往上运动显得动力不足。此时,使人能体验到什么叫作"体能极限"。

由此想到,我们的人生何尝不是做一次漫长的登山运动,后面的道路并非一马平川、一帆风顺,而是随时都会碰到坎坷泥泞、急流险滩。我们应该早做思想准备,做好生涯设计,合理分配资源,走好自己的人生之路。当您登顶山峰的时候,会体验到一种"山高我为峰"的豪迈。

参与其中,皆为赢家

参加登山比赛需要悟出参赛的真谛,调整好心态,根据自己的身体情况量力而行,适可而止,千万不能为了争夺名次过度运动,否则有可能发生意外得不偿失。只要参与了登山活动,就只有赢家,没有输家。

夺得名次者能得到成功的喜悦,获得众人的掌声,能领到心仪的奖品。名落孙山者也能体验到征服山峰的快感,增强挑战极限,战胜困难的勇气。

中途返回者不仅能够留意欣赏山林的自然之美,悠然地呼吸着难得新鲜空气,而且没有透支体力,避免了过度劳累,不也是一种愉悦吗?

对于我们每个人来说,不要希望这个世界赐予我们的都是最好的东西,但我们可以去追求属于自己的最合适的东西。比如对于登山比赛中不能争得名次,拿不到奖品的同志来说,拿个纪念奖就是最合适的。

成就事业，贵在坚持

　　许多同志在总结自己登山成绩之所以不如人意时，大都认为是平时没有锻炼，或是没有持之以恒。成就事业，贵在坚持。在如今工作节奏加快，压力增大的情况下，体质对于我们来说越来越重要。台塑集团的老板王永庆不仅工作上注重细节，而且坚持体育锻炼，即使年届古稀，每天仍坚持长跑5000米，风雨无阻。据说台塑集团每年都要组织一次长跑比赛，王永庆亲自参加，并且有一个不成文的规定，跑不过王永庆的人不具备担任中层职务的资格。无论此事是真是假，现代企业对员工的体质要求越来越高是一个不争的事实。通过这次登山比赛给我们所有员工发出了一个信号，因为健康的员工是强大的公司之基础，全体员工要注重身体锻炼，增强身体素质并且持之以恒，这就是公司想倡导的行为。

山水情缘

　　大自然是天地造化的最好的书。许多成功人士告诉我们,人生不仅要读万卷书,而且要行万里路。我国幅员辽阔,东西相距一万里,南北温差五十度。没有到过南方的人难以想象船从屋中过的水韵,没有到过西北的人难以想象荒山秃岭的荒凉。司马迁如果没有年轻时历游千山万水的经历,难以完成"史家之绝唱、无韵之离骚"的《史记》;当代草圣林散之如果没有孤身作万里游,难以登顶书画艺术高峰。几十年来,建华历游了一些城市和山水。喜好融入社会与自然,以人文为师,与山水结缘,观察其中的特色,领悟其中的哲理。所到之处即时多以小诗记之,偶尔凝成游记文字。

"长寿"溯源

2003年初春时节，我有幸出差重庆市长寿区。在长寿期间，我对长寿地名产生了兴趣，我想每个地名都会有一个动人的故事。

于是，我请教了几位长寿人。他们几乎用同一个版本，为我讲述着"长寿"地名来历的故事。

据说，明朝嘉靖年间，当朝宰相戴渠亨受皇上委派，微服私访，了解民情。

一日，宰相来到山清水秀的四川乐温县地界，狂风骤起，大雨倾盆。宰相来到一家酒店避雨，少顷，只见一位被雨水淋湿的白发老人拎着大酒壶到酒店沽酒。

宰相好奇地问道："您老高寿？"

老者答："八十有五"。

宰相说："天下这么大的雨，您老人家为何还亲自来此沽酒？"

老者说："今天是我爷爷的生日，做孙子的理应来沽酒"。

宰相更觉惊奇，心想，孙子都八十多岁，那爷爷还了得。

于是,宰相就问老者:"敢问爷爷高寿几何?"

老者说:"今天是我爷爷150岁生日"。

为探究竟,宰相征得老者同意,顶风冒雨随老者来到了老寿星家中,加入了拜寿的行列。只见200多人在大祠堂为一位鹤发童颜的老人拜寿。

此时,这位当朝的文曲星宰相感慨万千,诗兴大发,要来文房四宝,即兴题诗一首:

> 花甲两轮半,眼观六代孙。
>
> 偶遇风雨阻,文星拜寿星。

当晚,宰相还与老寿星饮酒长谈,沧海桑田,人间冷暖,句句投机,彼此相见恨晚。

完成私访任务的宰相回朝后,向皇上汇报了一路上的所见所闻,其中印象最深的就是四川乐温县的偶遇。皇上听完故事后,十分高兴。因为子民长寿,乃是皇上的洪福。于是,提出将乐温县更名为"长寿县",并亲笔御批。

这便是"长寿"地名的来历。

如今的长寿已属重庆市管辖,长寿县也改成了长寿区。不管隶属关系如何调整,有关"长寿"来历的故事却在长寿人中世代相传。

感悟华山

人们大都熟悉"自古华山一条路",也认可华山之美在其险。

2007年6月3日,我与中国化工作家协会的文友登上了向往已久的华山,尽管由于登之过急,几天下来腰酸腿痛,但仍然感觉不虚此行,不仅领略了华山的险境,锻炼了征服自然的意志,而且通过阅读华山这部"书",从中学到了不少智慧,受到了许多启迪。

水流成槽,有志事成

华山的石头非常坚硬,但它们却被柔软的雨水改变着形态。

老子曰:"天下之至柔,驰骋天下之至坚。"

在登临东峰的路上,看到对面一片倾斜的石坡上,寸草不生,错落有致地排列着五六道槽沟,宽有两尺,深达一尺。我们用相机取下了这一画面,继而开始了讨论。我们的结论是,这一鬼斧神工的天然之作,必定来自雨水。据了解,华山属于渭南地区,降水量不是很高,但经过千万年的冲刷,终于将雨水坚忍不拔的意志写在了坚硬的石头上。

有个成语叫作："水滴石穿"，是说长期从高处往下滴水能把石头滴穿。一般来说，水从高处滴下来的力量比水流的力量大，在这里就是"水流成槽"了，说明大自然的力量是何等巨大！

由此，我们该有何感悟呢？老子曰："人法地，地法天，天法道，道法自然。"意思是人要向地学习，地要向天学习，天要向道学习，道要向自然学习。说明，大自然是万事万物最好的老师。

我们从"水流成槽"的自然现象中应该得到许多感悟。一个人要想成功，必须向华山的雨水一样，宁静致远，矢志不移，持之以恒，有志者事竟成。水滴能否穿石？水流能否成槽？关键是要找到属于自己的那块"石头"和那条"石槽"。

当今社会，知识爆炸、信息海量，诱惑人的东西非常多，不少人缺少定力，追求名利，朝三暮四，终难成事。因此，根据自己的兴趣和自身优势，选择一个好的职业和行当，一直努力下去，一定能够像华山的雨水一样，会在人生的道路上留下属于自己的轨迹。

缝隙求生，自强不息

转过几道弯，爬上几个坡，突然，垂直的石壁缝隙中的一棵松树引起了我们的关注。只见这棵从石缝中长出的松树大约七八米高，不大的树干，向上伸展，树冠向外延伸。树干苍劲、针叶短粗、蓬勃向上。据护山的同志介绍，这棵看似不起眼的小松树，树龄却在百年以上。

我们对这棵在石缝中生长了百年的小松树肃然起敬。我们可以舒展想象的空间，描绘一下百年来这棵松树是如何孕育、成活、生长的。可能是百年前的一天，或一只飞鸟，或一股雨水，或一阵大风将一粒松子送到了石缝之中,正好遇到一场喜雨,使这粒松子有了发芽的机会,之后长出一棵幼苗,它将根须扎入少得可怜的泥土之中。每年的夏天小松树都要面临缺水的生死考验,但它都顽强地活过来了。每一场雨水都是它的救命甘霖,它吸足了水分,拼命地将根须往深处扎,根须越深,越有存活的希望。就这样,这棵小松树在恶劣的环境中生存并不断地长大。它不仅可以通过根须从深深的石缝中吸取养料,而且通过针叶享受充足的阳光合成养料,壮大自己。

这棵石缝中的小松树就是我们人生的老师。当我们遇到挫折和逆境的时候,是怨天尤人、灰心丧气呢,还是适应环境、乐观对应、顽强生存呢? 不同的态度,会得出不同的结果。我们也可以想象,当时与这棵小松树一起落入石缝中的可能还有它的同伴,但它们却没有生存下来。

当今有人提出逆商的概念,即应对挫折和逆境的智慧。逆商对于我们现代人来说,特别是80后青年朋友来说更加重要。这些一直在顺境中长大的年轻人,常经受不起挫折和逆境的考验,一碰到挫折和逆境,就会气馁心灰,有的还会走向极端,结束生命。仅北京市高校的学生,每年自杀者都在10个以上。

这些所谓的社会精英,如果能到华山看看这些石缝中求生存争发展的松树,一定会从它们身上受到教育,得到启迪。

精神鼓励,功能巨大

从华山的东、南、西、北、中五峰一路走来,身体健壮者需要五六个小时。我们一行,刚开始还走得轻松,经过几个小时的攀登,越走越累,越爬越难,好不容易走到了天梯前,往上一看,着实吓人,这道天梯高十多米,坡度大于九十度,人要仰着身子,抓住铁链才能爬上去,华山之险,在这里再一次得到了体现。

有的朋友提出停止前行,原路返回。正在我们犹豫之际,一位白发苍苍的老太太却从天梯上从容而下。我们怀着崇敬的心情与老太太进行了交谈。老太太告诉我们,她今年六十有九,经常登临华山,锻炼身体、磨砺意志。老太太还鼓励我们,爬过了这道天梯道路就平坦了许多,东峰山顶离此不远。

在老太太面前,我们感到了惭愧,在老太太的鼓励下,我们又振作起精神。我们相互鼓励、互相帮助,越过了一道道险阻,登上了一个个山峰。我们在东峰远眺、在南峰2160米处留影、在长空栈道驻足、在沉香救母的西峰赏斧。踏遍诸多险峰,览尽无限风光。

回想起来,真要感谢那位老太太,是她的精神激励了我们,否则,我们有可能与华山的无限风光失之交臂。

可见,榜样的力量是巨大的。人生要成功,需要与成功人士为友、与成功人士共事,最高的境界是让成功人士做事。

一个心中充满热情的人,会温暖所有的人;一个冷若冰霜的人,即使融化了,也只不过是一摊冷水。

挑夫负重,心态平和

凡登山者都会有"上山容易,下山难"的体验。古诗有云:"行百里者于半九十"。对于一些平时缺乏锻炼的游客来说,当爬上几个山峰,体力消耗过多之后,往下每走一步都显得非常艰难。一位朋友下山前行时腿痛难忍,只有采取倒退的方式一步步往下走,我们笑话他属"螃蟹"。到后来,我们所有人的双腿都不听使唤了,已经到了体力的极限。

在我们下山的时候,遇见了一批华山挑夫,引起了我们的兴趣。我们与正在歇脚的挑夫攀谈了起来。挑夫们告诉我们,他们是附近的农民,给山上担运水泥,运到山顶每百斤赚20元运费,他们每天要运两趟。身体特别强壮者一次能挑100斤左右,一般的只能挑80斤左右,他们每天的收入在30元至40元之间。每个月的收入1000元左右。

看着他们沉重的步子,我们的怜悯之情油然而生。我们这些游人空着手走一趟都非常吃力,他们却要挑着重担在陡峭的华山上来回劳作两趟,每天工作时间十多个小时。他们肯定不是来此锻炼身体,减肥瘦身的,他们是为生活所迫,或是为了孩子上学凑学费,或是为了家人看病赚药费。

尽管如此,在挑夫们与我们的交谈中,没有感觉出他们的幽怨和自卑,他们步履沉重,哼着我们听不太懂的号子,淡定前行。

在华山挑夫面前,我们的灵魂受到了一次洗礼,思想得到了一次净化。行走在华山的游客中,很少有比华山挑夫付出得更多而获取更少的。因此,我们没有理由埋怨生活不公,世间不平。与华山挑夫相比,我们应该知足、淡定、快乐。

由此我感悟到:人生在向上比的同时,不妨向下看看,当我们来到华山看到挑夫的时候,我们会多一份自信、多一份快乐、多一份幸福。其实,自信、快乐、幸福主要来自自我的心理感受,它就蕴藏在我们自己的心中,一切由自己做主。

华山是一本鸿篇巨制,值得每一位游客慢慢品读。仁者见仁,智者见智,本人才疏学浅,谨以拙识,姑且记之。

阅读卢沟桥

卢沟桥,原本是一座平常的桥。

清朝乾隆皇帝题写了"卢沟晓月"和国民党29军官兵在桥头打响了抗日的枪声,给这座平凡的桥赋予了历史和政治的含义,因而卢沟桥成了北京八景之一,成了政治教育的基地。中国人民抗日战争纪念馆建在附近可能与卢沟桥有关。

卢沟桥赫赫有名,应该说我从孩提时代就曾经听说卢沟桥的狮子数不清。居住北京10年有余,但一直无缘走近这座历史名桥。有幸的是2007年6月23日,中国化工集团公司组织党员活动,走近了卢沟桥,阅读了卢沟桥。

想当年,乾隆皇帝题写"卢沟晓月"的时候,是凌晨,天上明月高照,河中碧波荡漾,两岸绿树依依,桥面深刻历史,石狮肃然屹立。喜欢作诗题字的乾隆皇帝写下了苍劲的"卢沟晓月"。时至今日,石桥除了多了些脚痕,石狮除了多了些风化,依然耸立,但是却不见了河中碧波,展现在我们眼前的仅是一条长着杂草的干河。从碧波到干河的字里行间,我们可以读到环境的变迁,悟到人类对大自然的虐待。

我们在进行革命传统教育的同时,应该面对干枯的永定桥进行科学发展观和保护环境的教育,否则我们将会付出沉重的代价。

每个踏上卢沟桥的朋友,都会对石狮子产生兴趣,有的赞赏古代工匠的技术精湛,有的数着石狮的数量,有的争相与石狮合影留念。

有一位朋友认真地数着桥头的石狮数量,从南头数到北边,他告诉大家一侧是221个。另一位朋友说两侧总共是500只左右。但一直没有一个准确的数字。

有位聪明的朋友说,这座桥上到底有多少石狮,只有当时设计大桥的工程师最清楚,但这位工程师早已作古,自然无从请教。不过也有朋友说,即使有施工图纸,工匠也不一定严格按照图纸施工,随意增加几只或减少几只小狮子也不是没有可能的。此话也不无道理。

说卢沟桥的狮子数不清,主要是难在认定上,有研究者说,大狮子不仅身上、掌下有小狮子,连耳朵内面也有小狮子,这就增加了数清的难度。

阅读卢沟桥后,我想到,这是古人的一次绝妙的广告策划,全国的石桥千千万,何以闻名千古,当年的造桥者是一位绝顶聪明的广告大师,制造了数不清石狮的悬念,引来了无数的游客前来数狮子,难保乾隆皇帝不是来数石狮之后而题写"卢沟晓月"的。

阅读卢沟桥,是否应该得到这样一点启迪:有些事情不必过于认真。卢沟桥的狮子何必要数得那么清楚呢。专门提供人们计算用的数学不是还有一门模糊数学吗？有时候模糊就是最准确的。

我们人生何尝不是如此，聪明和精明人不一定有智慧，糊涂人不一定缺少智慧，大家都知道聪明能干的郑板桥以他的"难得糊涂"而流芳千古。

我们在与朋友和家庭成员相处时，也不要过于精明，有时装装糊涂是最好的办法。

特别是夫妻相处，应该本着婚前睁大眼睛选择，婚后睁只眼闭只眼相处的方式。请大家千万记住：家庭不是讲理的地方，而是讲爱的地方。

一些当初恩爱的夫妻，最终劳燕分飞，细想一下，大多数矛盾并不是不可调和的，而主要是一方或双方太较真，认死理，非要像把这卢沟桥的狮子数清楚似的，所以怎么也整不明白，只有饮下这杯苦酒。

卢沟桥值得阅读，狮子不要认真去数。这就是我阅读卢沟桥的最大感悟。

西海生态

　　我的家乡就在修河岸边的虬津镇叶家村,我从小在修河游泳,喝着修河水长大。

　　修河发源于修水县,流经修水、武宁、永修等县,由永修吴城镇流入鄱阳湖,进入长江,汇入大海。

　　在未建柘林水库之前,修河流域常受洪灾侵扰,农民靠天吃饭,眼看辛苦劳作即将收获的成果有可能被一场洪水毁于一旦,农民的生活没有保障。

　　20世纪70年代,江西省决定在永修县柘林地界拦河修建柘林水库,建设水电厂,以化解下流洪涝之害。

　　江西省依靠制度优势和行政手段,征集了修水、武宁、永修、都昌、德安、彭泽、湖口、铜鼓、奉新、靖安和安义等10多个县7万多民工开赴柘林修建水库。采取放炮炸山、车推肩挑近乎原始作业方式修建亚洲最大的土坝。那时处于"文革"期间,几万民工以部队建制,按准军事化管理,各县之间开展了热火朝天的劳动竞赛,谱写了一个个可歌可泣的动人故事。民工们政治挂帅、思想领先、干劲十足奉行"一不怕苦,二不怕死"的革命精神。由于施工空间狭小,加之人们的安全意识淡漠和安全设施不够健全,工地不时发生安全事故,一些民工为修建土坝献出了宝贵生命,这座土坝凝结着几万民工的汗水和鲜血,值得后人倍加珍惜。

经过几万民工几年的艰苦奋斗,柘林水库于1975年末建成。柘林水库坝长590.7米,坝高62米,集雨面积9340平方千米,占整个修河流域面积的63.5%;总库容79.2亿立方米,为亚洲土坝水库之冠,其中防洪库容32亿立方米,兴利库容34.4亿立方米,是一座集防洪、发电、灌溉、航运、水产和旅游于一身的大型水利水电工程。柘林水电站设4台4.5万千瓦机组,年平均发电量6.3亿千瓦时。为保障土坝安全,在土坝建成之后,又在坝心浇灌了钢筋混凝土,使水库的安全系数得以提高。

柘林水库全域面积14700平方千米,耕地241万亩,人口近200万。柘林水库修成后,较好地发挥了水量调节功能,修河水系基本上免遭洪涝灾害,相当于"都江堰第二"。1998年修河水位超历史纪录,柘林水库超负荷运行,发挥了极为重要的拦洪和"错峰"作用,最大削减洪峰达8500立方米/秒,对保障下游圩堤、永修县城和京九铁路安全发挥了重要作用。永修地区万顷良田水旱从人,我的家乡也成了名副其实的旱涝保收的鱼米之乡。

随着柘林水库水位提升,湖面不断增大,现已达到308平方千米,湖水平均深度45米,最深处达到80多米,许多青山永远被绿水覆盖在了水底,一些较高的山头则成了岛屿,目前岛屿总数为997座,素有"千岛湖"之称。由于修河的上游几乎没有工业污染,水质特好,能见度达到9~11米,湖中间的水达到饮用标准可直接饮用。

柘林水库的建成,不仅改变了当地的生态环境,而且改变了经济环境。柘林"千岛湖"给敏锐的商人带来了无限商机,据说第一个进岛投资开发的是浙江商人,因为他们有经营浙江千岛湖的经验。浙江商人不仅资本雄厚,而且头脑灵活,目光远大。他们先后建起了民俗文化村、猴岛、孔雀岛、外婆岛、桃花岛等岛屿,开设了传统文化教育,老虎、猴子表演等项目。在浙江商人的示范下,全国各地的商人争相到柘林"千岛湖"投资兴业,旅游项目不断丰富,旅游设施不断完善。西海温泉由香港港恒发展公司和江西省地矿局合资打造,出水量达5000吨,水温超过70度,含有氡、硫化氢、氟、偏硅酸等对人体健康有益的物质,其沐浴的润滑感及去污功能为江西之最。庐山西海假日酒店为五星级标准,设有300多个房间和可容纳800多人的会议室,具备住宿、会议、宴请、娱乐等多种功能,成为政府、企业召开会议和接待客人的优先选择之地。

昔日寂静的柘林湖引来了无数海内外观光客,柘林"千岛湖"和庐山西海名声远播,成为城里人远离喧嚣,亲近自然的好去处。

江西省、九江市和永修县政府整合旅游资源,投资兴建的昌北机场、福银高速及省道,不断改善交通,在开发柘林"千岛湖"、西海温泉、桃花溪漂流,引资建设庐山西海国际温泉假日酒店、北戴河酒店的同时,将柘林"千岛湖"、庐山西海旅游项目纳入周边著名旅游景点历史名山庐山、鄱阳湖候鸟王国、世界著名佛教禅宗道场真如禅寺、国家示范森林公园三爪仑、国家生态示范区武陵岩旅游圈,满足国内外游客需求,使柘林"千岛湖"和庐山西海旅游资源大幅升值。

柏林"千岛湖"库区山清水秀、湖水清澈、生态优良、空气清新,每立方厘米含有负氧离子15万个以上,不愧为天然氧吧。下榻这里的宾馆酒店,松涛声声为游客催眠,布谷百灵唤游客起床。在这里可以品尝原生态生菜,东坡肉、小银鱼、土鸡、石鸡、鳜鱼、竹笋会让游客回味无穷,在这里能够领略到大自然的无穷魅力。

如果碰上深秋季节,不能不品尝易家河的柑橘。易家河的柑橘以个大、皮薄、色红、肉甜而著称,曾受到温家宝总理盛赞。据说当地橘农每年都要挑选几筐上等柑橘专程送给中南海领导品尝,以表橘农对党和政府的感激之情。

随着柏林"千岛湖"和西海温泉旅游业的火爆,当地经济生态也得以改变,许多世代以耕种为业的农民,有的开起了农家土菜馆,有的经营土特产品,有的进了宾馆酒店、旅游公司务工。旅游产业成了当地农民的主要收入。

我当年熟悉的江上、乐平、易家河如今令我感觉陌生,不敢相认。我印象中低矮、零散的平房被有序林立的楼房所取代,大有"儿童相见不相识,笑问客从何处来"之感。

如今高速公路已通达柏林"千岛湖"和庐山西海景区,星火老厂区距此景区仅需十几分钟车程,从昌北机场坐车到该景区也不到一个小时。

中国化工集团公司正在对星火厂的产业布局进行调整,星火老厂区的生产装置将陆续向杨家岭工业园区搬迁,正在规划利用星火老厂区的存量资产建设适应低碳经济与生态环境的工业遗址等新兴文博产业,届时星火老厂区将会成为镶嵌在庐山西海景区皇冠上的一颗明珠。

人与自然和谐相处,是人类的追求。而在追求的过程中,许多地方迷失了方向,付出了惨重的代价,人们在追求GDP高速增长的同时伤害了自然,污染了环境,正在遭受大自然的报复惩罚。如今即使付出加倍的代价也难以恢复生态,净化环境。近年来,我陆续走访过10多个省市,所见河湖大都或干涸或污染,很少能见到清澈见底的水域。

《增广贤文》说:"人无远虑,必有近忧。"反之,人有睿智远见,则无近忧和远忧。以前我常对家乡的工业落后而不满,如今这种想法正在发生改变。我敬佩被初唐著名诗人王勃称赞为"华物天宝,人杰地灵"的先祖和后人具有的睿智远见,他们具有天人合一的理念和强烈的环保意识,当年他们顶住压力,拒绝高污染工业项目入驻,持之以恒封山育林,关停沿河污染严重的造纸厂、化肥厂,投入巨资治理污染,才得以保住这方难得的青山绿水,赢得了"生态兴业""天然氧吧"的美誉,避免了先污染后治理的弯路。

这里正在以独特的生态优势和环境美誉吸引着世界目光,这里正在收获低碳经济与和谐生态的红利,并将在未来的竞争中赢得优势,享受幸福与快乐。

祝福你,我的家乡!有感而发吟出小诗一首献给我的家乡,美丽的庐山西海:

土坝造就千岛湖,名冠亚洲一明珠。

碧波荡漾鳜鱼游，青山盛产负离子。

温泉水暖洗凝肤，桃溪漂流舒筋骨。

松涛催眠入梦乡，百灵歌声伴复苏。

文友相伴延安行

延安古名肤施，为历代兵家必争之重镇，也是汉族和匈奴等少数民族的融合之地。许多历史名人如宋朝的范仲淹曾在此镇守，留下了名垂青史的文治武功。

20个世纪30年代，古老的延安再次成为世界瞩目的地方，这里成为中国共产党的圣地，成为进步青年向往的地方，毛泽东、朱德、周恩来、刘少奇、张闻天等党的领导人曾在这个最小的指挥部里指挥了规模宏大的抗日战争和解放战争，使党领导的军队由弱到强，由小到大，使中国革命由低潮走向胜利，在这里创造了许多世界战争史上的奇迹。

延安是我们向往的地方，我却一直无缘踏上这片神圣的土地。这次参加中国化工第三届文联全国代表大会，有幸与几十位文友前往延安采风，得以瞻仰枣园故居、参观杨家岭旧址、攀登宝塔山顶、跨越延河大桥、下榻亚圣酒店、体验广场文化、感受南泥湾变迁。

我们在枣园故居前留影，在宝塔山上远眺，在延河桥上沉思。经过两天的延安之行,有三个问题一直萦绕在我的脑际。

原因与结果

唯物辩证法认为:结果是由原因决定,有原因必定有结果,并且一果有多因,一因有多果。当时弱小的共产党为什么能够战胜强大的国民党。其实不是偶然的,而是有其必然性。我们可以从毛泽东种的一亩三分菜地,从康克清的纺纱机,从延安的"整风运动",从南泥湾的大生产,从老大娘送的下蛋老母鸡中找到答案。据导游介绍,起初陈嘉庚是支持国民党的,他对国民党和共产党考察了一番之后改变了看法。在重庆蒋介石招待他一桌饭花了800大洋,在延安毛泽东招待他一餐饭只花了一块大洋不到。陈嘉庚先生断定,中国的未来必定属于共产党,转而终止了对国民党的支持,全力支持共产党,为中国革命的胜利发挥了重要作用。

由此我们应该懂得仁爱、节俭、清廉不仅是做人的美德,而且是事业的根基。这一优良传统任何时候都不会过时。

传统与创新

枣园的故居和杨家岭的旧址经过岁月的洗礼在物理意义上虽已贬值,但毛泽东等领袖倡导的自强不息、艰苦奋斗、乐观自信、军民团结的延安精神却功力无边、永世长存。几十年后的今年,前来瞻仰、参观的国内外旅客仍然络绎不绝。参观时我看到中央党校延安分校的一排排校舍正在培训着一批批党政领导,延安精神有望通过他们在更深更广的范围弘扬。优良传统代代不息,延安精神薪火传承。

我们也高兴地看到,昔日贫穷的延安,也与时俱进,搭上了市场经济的快车。美国加州牛肉面、肯德基等国际品牌已在延安落户。民航客机可从北京、上海等地直达延安。大街上很少看到自行车行驶,小轿车却把不宽的街道塞得较满,行人过马路还得格外小心。

这些足以说明,延安人在继承传统的同时,开拓创新,早已融入了世界文明的行列。

忧虑与喜悦

"巍巍宝塔山,滚滚延河水……"这首歌词曾响彻神州大地,即使未曾到过延安的人也会留下美好的想象。而今日的延安,宝塔依然耸立,延河却已干枯。水是一座城市的灵魂,许多城市因水而美丽,延安却因缺水失色不少。

延河的干枯仅是一种表象,人们忧虑的是更深层的原因。实践证明GDP指标可以在不长的时间内提高,而环境的改善却需要较长的岁月。

据有关专家介绍,延河干枯的主要原因是上游林木的过度砍伐和矿山、石油的过度开采,过度开发致使水土流失严重,生态环境失去平衡。生态环境的改变,带来了一系列问题。据导游介绍,延安人很少穿白衬衣,因为空气质量较差,穿上一天的白衬衣就会改变颜色。环境问题不仅是延安人民的忧虑,也是我们大家的忧虑。

我们在忧虑的同时,也得到了一些喜悦的信息。延安再也不是贫穷的代名词了,这几年经济发展很快,在陕西省的排名已跃居前三,多数延安人现在比较富裕了,延安城的房价与西安相差无几,可见延安居民的购买力非同凡响。

更使我们喜悦的是改善环境、可持续发展已经得到各级官员的重视。据介绍,延安市、县领导对丰富的石油、煤炭资源进行了有计划、有限制的开发,并且严格执行。

　　我们有理由相信,当年延安人民在党的领导下能够培育伟大的延安精神,今天同样能够在党的领导下创造和谐的发展环境,造福延安的子孙后代。

武当山烙印

2010年10月，与朋友同游了武当山。

早已听说过武当山，并非因为她的美丽风景，而是她的神话传说和武当功夫。

我们早早准备行装，怀着虔诚的心境从襄樊向武当山进发，大约半小时后，大雾笼罩，高速公路封闭。前进不得，后退不行，只得在车上等待日出雾散。有的说，是真武大帝考验大家有没有诚意；有的说下车抽支烟，把雾驱散。大约等了一个多小时，武当山终于露出了美丽的容颜。

武当山，又名太和山，位于湖北省十堰市丹江口境内，为道教名山和武当拳发源地，是联合国公布的世界文化遗产地。

武当山高峰林立，天柱峰海拔1612米。武当山拥有72峰、36岩、24涧、11洞、3潭、9泉、10池、9井、10石、9台等胜景。有药材600多种，因此，武当山有"天然药库"之称。

金殿、紫霄宫、"治世玄岳"石牌坊、南岩宫、玉虚宫遗址先后被列为国家重点文物保护单位。武当山尚存珍贵文物7400多件,尤以道教文物著称于世,故被誉为"道教文物宝库"。

武当武术,又称"内家拳",源远流长、玄妙飘灵,是中国武术的一大流派,素有"北崇少林,南尊武当"之说。它以静制动、以柔克刚、炼气凝神、刚柔相济、内外兼修,是极好的健身养性之术。

武当山因真武大帝而扬名,民间关于真武大帝的传说颇多。传说真武15岁辞别父母,在武当山修道42年,终于得道升天。玉帝下令其镇守北方,统摄玄武之位,并将太和山易名为武当山,意思是"非玄武不足以当(挡)之"。根据阴阳五行说,北方之神即为水神,因雨水为万物生存所必需,故真武大帝深受民众信奉,真武大帝为武当全山敬奉的唯一神。

历代皇帝们为了寻找君权神授的根据,都尊崇像真武大帝这样在民间受到供奉的神仙。宋朝和元朝皇帝都诏封真武大帝。明朝尤盛。明朝初期,朱元璋的儿子燕王朱棣发动"靖难之变"夺取了王位。传说在燕王的整个行动中,真武大帝都曾显灵相助,因此,朱棣特封真武为"北极镇天真武玄天上帝",并征用30万民工大修武当宫观庙堂,使武当山成为举世闻名的道教圣地。

乌鸦被许多地方视为不吉利的象征,但在武当山却将乌鸦视为吉祥之物。其缘自朱棣皇帝修建武当时,乌鸦为民工报时、引路,有功于施工建设。因此,曾将一座山头命名为"乌鸦岭"。如游客能在武当山看见乌鸦或听到乌鸦的叫声意味着好运降临。

道家崇尚自然,庙宇之地十分讲究利用自然之利。传说紫霄宫为真武大帝居住之所，位置朝南坐北，依山而建，层次有序，视野开阔，宫前三座山呈二龙戏珠状，令游客遐思联翩、流连忘返。

我们参观的那天正值重阳节前夕，紫霄宫迎来了台湾"玄门圣事会"几十位信徒，他们心怀虔诚、着装统一，在紫霄宫各庙宇敬拜、诵经、作法事，令我们肃然起敬、大开眼界。武当山这座道教圣地早已成为海峡两岸文化交流的平台。

道教是中国的本地宗教，道教具有巨大的包容性，与儒学、佛教、基督等学派和宗教融合相处。我们在真武大帝庙宇看到了儒家的二十四孝图。据说道教庙宇都设有父母殿，用以敬奉父母。道教的理念是，欲成大事者，必须是好人，而做好人首先要履行孝道孝养孝敬父母。否则，为道教所不容。

爱国是道教的重要内容。我们在紫霄宫看到了一块书写着"红三军司令部"的匾额。1931年，贺龙率红三军转战武当山创建鄂西北根据地，紫霄宫道总徐本善腾出上等房间供红军使用，尽心竭力支援红军。临别时贺龙赠送道总徐本善一副对联："伟人东来气尽紫，樵歌西去云腾霄"，以表敬仰和感激之情。

我们还有幸观看了武当十八般武艺的表演：少年飘逸的太极拳、轻盈的扇子功、玄妙的醉拳、威武的霸王鞭。更令我人赞叹的是一位年近八十的老道师的金鸡独立、倒立和武当铲表演，为武当功夫健身养性，延年益寿做了可信的诠释。

一路上，不时能见到海外游客行走其间。他们有的身着道服，有的身佩武当剑，有的就地拜师练习剑法，有的邀请道师拍照武当武术。道教成为传播中国传统文化的纽带，武当成为不同民族文化交流的平台。

由于时间有限,不能遍游武当山所有景点,但已经体味了其精华所在。武当山、道教圣地将为我们打开心灵的又一扇门窗,在我的记忆中留下深深的烙印。

冰城情调

　　我第一次到冰城哈尔滨是在2000年的春天,那次是参加企业重组调研工作,在那里待了20多天,主要与两家工厂的职工交谈,了解企业人事、经营等方面的情况。由于时间安排得非常紧张,到市里的时间不多,对冰城有一些印象,但觉得了解不深入,不敢动笔妄论。

　　2004年2月21日,我因参加《信息早报》在冰城的读者见面会,有幸再次来到冰城,有机会了解和接触了当地报纸、电视台、证券公司、发行公司、国有企业及股民朋友,使我加深了对冰城的了解和理解。

　　"百里不同风,千里不同俗"。每个地区无不按各自的方式演化着各具特色的风俗习惯。入境问俗,入门问讳,已成为了解地方民情,融洽人际关系的方法和手段。冰城哈尔滨有哪些独特的风土人情呢? 让我们多穿件衣服,融入冰城。

太阳升起来的地方

　　即使是没有到过哈尔滨的朋友,也可能传唱过风行全国的

《太阳岛上》，收听过王刚播送的《夜幕下的哈尔滨》。

哈尔滨坐落在松花江中游，总面积5.31万平方千米，人口1000多万，是全国省辖市中面积最大的城市。因其建筑特色，素有"东方莫斯科""东方巴黎"之称。对哈尔滨这个名称主要有两种解释，一是在俄语中是太阳升起的地方；一是天鹅的颈项。总之是美好的意思。哈尔滨市下辖九区七县，还代管2个县级市。城区的名称比较特殊，比如动力、道里、道外等，少有历史渊源，却铭记着我国工业产业的痕迹。著名的高校有哈工大、哈军工，她们是我国军事科技人才的摇篮。著名的企业有哈动力厂，近年来制药业成为支柱产业之一。

哈尔滨由于纬度较高，天气寒冷，冰封的时间较长，一年之中大约有4个多月时间被冰雪覆盖。几年前在冰雪融化之时，城区不像人们想象的那样美丽，垃圾较多，如香坊区的化工路，垃圾堆在了路中间。经过治理，现在的情况有所好转，环境面貌有了较大的改观。

俄罗斯贵族的遗风

由于哈尔滨离俄罗斯的距离较近，历史上与俄罗斯人交往密切。据说十月革命后，一些俄罗斯贵族为了躲避战乱，迁移到了哈尔滨。经过几代人的通婚、生活，一方面他们被汉族同化，另一方面他们也影响着哈尔滨的文化、风情、建筑和饮食。比如哈尔滨人喜欢穿着打扮，即使是经济不富裕，面子上的事还是舍得花钱的。特别是哈尔滨的女孩，一方面天生丽质，另一方面打扮的技巧较高，可谓是浓妆淡抹总相宜。

既然是贵族，除了讲究穿着，那就是讲究吃喝。哈尔滨的餐饮业特别火爆,哈尔滨人喜欢上饭馆,特别喜欢喝啤酒,那里有着物美价廉的哈啤,酒桌上一人喝几瓶哈啤是司空见惯的。哈尔滨人特别盛情,体现在盘子大,装得多,特别实诚。基本上是剩下的比吃掉的多,并且酒店吃饭很少有人打包。他们的理念可能是菜剩得越多表示越热情。

深情厚谊的"咱家"

关内人习惯称关外人为东北人,他们说的话为东北话。其实沈阳话、吉林话与哈尔滨话是有区别的。一次在火车上听几个哈尔滨旅客在议论,他们不喜欢舞台上流行的辽宁铁岭话作为东北话的代表,他们觉得铁岭话土,没有哈尔滨话好听。因我是南方人,难以区别东北话谁土谁洋,但我亲自感受到哈尔滨人流行的一句"咱家"确实体现着深情厚谊,温暖人心。2000年,我在哈尔滨的两家企业调研,在与职工的谈话中,他们把工厂、车间、班组都说成"咱家",我刚听不习惯,后来越来越觉得亲切,不仅工厂的职工把工厂叫成"咱家",而且事业单位甚至公务员也把自己的单位叫成"咱家"。

享誉世界的冰雕

哈尔滨有着深厚的文化底蕴,市区有东北地区现存最大的孔庙,呼兰县走出了近代著名的女作家萧红,当今活跃乒坛的名将孔令辉也是喝松花江水长大的哈尔滨人。但哈尔滨今天最有名的文化艺术当属冰雕。她已成为每年一度的盛大节日,每年都吸引着成千上万的海内外游客。

哈尔滨的冰雪节起源于居住在松花江两岸居民发明的民间

艺术,1985年开始,每年的1月15日被定为哈尔滨冰雪节,全体市民公休一天。随着游人的增多和审美需要的不断提高,冰雪雕塑的规模越来越大,水平越来越高,商业气息越来越浓。许多企事业单位都使出浑身解数,争取自己的方案能获得批准,树立本单位的形象和地位。每年的7月、8月就要确定方案,12月份拉开冰雪节的序幕。这期间许多能工巧匠顶风冒雪在这冰雪世界中施展才华。在他们手中,一座座玉宇琼楼拔地而起,一艘艘巨轮起锚远航,一头头老牛奋蹄前行……那玲珑剔透、流光溢彩、巧夺天工、美轮美奂的艺术品吸引着越来越多的中外游客。

太阳每天都是新的!我们企盼美丽的冰城在振兴东北的洪流中再立潮头!

重庆风情

重庆不仅是一座历史和政治名城，而且因依山而建，长江与嘉陵江在此汇合，靠山而美，傍水而秀，令世人瞩目。特别是1997年改为直辖市后，重庆迈入了发展的快车道，历史和现代的优势在这块热土上得到了尽情的释放。

改革开放后的重庆，许多方面在变，但其独特的风情却依然保存，让我们走近重庆，领略重庆独特的风情。

重庆最大的特色是山城，山的落差较大，平地较少。

重庆城区的道路弯曲坡陡，初次在重庆坐车，会让你惊心，但重庆的司机驾驶坡道的技术娴熟，行驶自如，大可不必担心，这就是习惯成自然吧。

在重庆城区很少看到自行车和三轮车等非机动车辆，那天，我们在城区转了一个多小时，好不容易才见到一辆自行车。

当我们问到一位当地的朋友，重庆有些什么特色时，那位朋友自豪地告诉我们：重庆人身材苗条；重庆的女孩穿着时髦，长得好看。我们在街上难以看到"杨贵妃"式的女孩。解放广场一群个高、苗条、漂亮的女警构筑了一道亮丽的风景。

构筑重庆独特风情的还有大街小巷的"棒棒军"。所谓"棒棒军"是指一些手持一根一米多长竹棒,竹棒上套两根绳索,替人搬运物品的劳务人员。"棒棒军"大都由身强力壮的中青年构成,他们活动在大街小巷,甚至深入到超市,寻揽生意。我们在超市购物时,多名"棒棒军"向我们承揽生意,我们显然不是他们的"合作伙伴"。我们抓住了攀谈的机会,在攀谈中我们得知这些人员大都来自农村,在城里租房居住,每天能挣20至30元工钱。因为重庆农村人多地少,劳力剩余,不少"棒棒军"涌入城里谋生。尽管劳务辛苦,收入不高,但比窝在家里强出许多。

重庆还有一大特色就是火锅,闻名遐迩。据重庆人介绍,他们的火锅是最正宗的。据说,重庆人吃火锅不论春夏秋冬,大夏天光着膀子照吃不误,重庆人对吃火锅情有独钟。经改造的长江滨江路,每当夜幕降临,这里一字排开的长达数里的火锅店,整条街火树银花、车水马龙、人声鼎沸。别说走进火锅店,就是路过此地,也能闻到空气中弥漫着又麻又辣的味道。

重庆的特色风情可能还有许多,有一些可能需要深入观察才能体验。以上的这些独特风情却是摆在大街上的,即使像我们这样的过客也可以看得到。

我们不由得对重庆的独特风情产生了联想和思考。我们的结论是,这些独特的风情是相互联系,互为因果的。其主因是因山而起。

因山高路陡,重庆市民出门就得翻山越岭,自觉或不自觉地做着减肥运动,得到良好的锻炼,所以重庆人的身材苗条。

因山高潮湿,重庆人需要麻辣发汗祛湿,因此,产生了闻名的麻辣火锅。

因山高路陡,所以自行车和三轮车等非机动车难以使用,所以难以见到自行车和三轮车。因没有非机动车辆,居民小件物品的运输不值得雇用机动车辆,所以就有了"棒棒军"的大市场。

重庆,因山而美丽,因山而秀气,是一个值得去一看的城市。

兰州印象

兰州,这个历代的战略要地,曾演绎了"五泉山"等许多动人的故事,令人景仰。

兰州,这个西北重镇,在国家开发西部的今天,又成为国内外瞩目的热点。

记得我第三次离开兰州是在 1999 年初,斗转星移,日月如梭,一年多过去了,兰州,你好吗?

2000 年 7 月中旬,我抱着向往的心情,第四次踏上了兰州这块热土。

兰州在变,是我兰州之行最深的印象。

兰州市中心,不少高楼,如雨后春笋,拔地而起,亭亭玉立。著名的兰州大学也换上了新装,科技大楼格外引人注目,装饰豪华的电脑城,张开双臂迎接客人。

兰州市内的一些交通要道,辟出了中心花坛隔离带。花坛内绿草如茵、鲜花盛开、招蜂惹蝶,使人心旷神怡,如不是沿街的商家商号提醒,会使人宛若置身于江南城镇,而不是干旱的西北。

这个闻名于世的污染城市,如今天变蓝了,云变白了,经常可见到蓝天白云。据兰州市民介绍,市政府强力推行的禁用小煤炉,集中供暖;开辟大青山通风口;严查污染超标机动车辆等举措,得到了市民的支持,蓝天白云经常光顾兰州。兰州人民有望将"污染严重"的帽子扔出皋兰山。

也许您难以相信,以"黄"闻名的滚滚黄河,如今已不像以往那样"黄"了,许多"老兰州"惊奇地发现,熟悉的黄河正在变清。黄河之于兰州十分重要,甚至可以说,没有黄河就没有兰州。一些专家呼吁,要大力开发黄河资源,开辟从西固到白塔山的"黄金"旅游航道,将兰州段黄河,建设成英国的泰晤士河和意大利的威尼斯河。

兰州,给我的第二个印象是晚景更加美丽。

如果说白天看兰州漂亮的话,那么晚上看兰州则更加美丽,且不说,东方红广场草地如毯、花团锦簇、婧女似蝶;也不论庆阳路、白银路上霓虹闪烁、广告引人、车辆穿梭。只要您来到滨河路,兰州的美景可尽收眼底。东起儿童公园,西至西客站桥,十多里的滨河路上,在彩色射灯映照下,犹如银河的绿色彩带散落人间,熠熠生辉。黄河第一桥、白塔山被各式彩灯装点成火树银花、五彩缤纷。最为引人注目的是黄河两岸的焰火灯,此起彼伏、争相辉映、蔚为壮观,与明月争辉,是兰州市政府在滨河路上的点睛之作,为古老的兰州增添了一道亮丽的风景,成为夏日兰州市民避暑纳凉、观赏夜景的好去处。我看到,时针虽已指向晚上十一点,黄河第一桥、黄河水车、黄河母亲等景点游人依然如织,流连忘归。

2000年的夏天，兰州给我的另一个突出印象当属"热"。

首先是国家开发西部"热"。无论您迈出机场，还是走出车站，开发西部有关内容的巨幅标语都会映入您的眼帘。中央主要领导陆续视察西北，驻足兰州。国家有关部委、沿海省市及企业领导也纷纷赶赴西北，来到兰州，为开发西部献计出力。外宾也纷至沓来。可以说，如今的兰州，已成为国内外关注的一方热土。

其实，关注兰州的远不止人间，连老天今年也特别青睐兰州。在太阳风暴的席卷之下，兰州这位向来文静温柔的淑女，也一反常态、眼热心跳、热血沸腾。

当我们离开40度高温的北京来到兰州时，原以为能够享受凉爽，可谁知兰州的气温一路飙升，7月23日直攀40摄氏度大关，列当日全国高温榜首。据说，2000年的高温为兰州历史之最。

40摄氏度高温，对于南方来说，算不了什么，可对历年电风扇都很少用，缺乏防暑设施的兰州人来说，是一次严峻的考验。在高温降临的日子里，兰州城里，游泳馆、浆水面馆生意火爆、门庭若市；商店的电风扇价格上扬、抢购一空；瓜贩们生意兴隆、喜笑颜开。不少商家因"热"而大发其财。

对在西部大开发中担当大任的兰州人民，不仅要苦其心志，而且要"热"其体肤，经受磨炼。我相信，兰州人民能够经受考验，克服困难，在未来的日子里交出满意答卷。

感受上海世博会

　　许多朋友戏称:不看世博遗憾,看了世博更遗憾。我和朋友去了上海,观看了上海世博,体验了上海的高温,体味了排队等待,目睹了世博园的人流,感受了异国文化与风情。

　　事先,上海朋友设计了参观路线。我们在知道"地道口"在哪里的当地朋友的引导下,上午10时许,从一号门入园,首先参观了城市未来馆,进了一些中国的城市最佳实践馆,还参观了日本、欧洲及台北的一些场馆,这些场馆基本上不用排队。

　　用完午餐后,下午乘车通过过江隧道来到浦东,参观了非洲联合馆,非洲联合馆由几十个非洲国家组成,每个国家通过各具特色的展馆,展示最有特色的历史、文化、商品。让参观者有置身非洲大陆之感。非洲馆的小商品展台,吸引了许多游客,一些收藏爱好者在这里觅到了心仪的古董和商品。我的朋友黑松林粘合剂公司老板刘鹏凯先生就收益颇丰,购买了几件珍贵的非洲古董。

　　我们冒着高温,经过较长时间的排队参观了欧洲西班牙等场馆。西班牙馆就是外面覆盖着藤垫子的那个特殊的展馆，排队花了一个多小时，参观仅用了几分钟，女郎的狂舞和会哭会笑的大娃娃给我们留下了较深的印象。

由于中国、沙特阿拉伯等热门场馆需要提前预约或排四五个小时的队，因此我们无缘进入内部参观，只能在外面拍照留念。

晚上我们乘坐游轮游览了黄浦江，两岸景色华丽、十分迷人。

一天的世博游，给人的感觉只能是走马观花，粗略感受。既有遗憾，热闹场馆没有进去，但更多的是受益。

中国发展了，强大了。这么多国家参加中国的世博会，把自己国家最美丽的景观、最深厚的文化、最特色的历史展现给中国，展现给世界。参展国家无论数量，还是展出的物品都创造了世博会之最，作为中国人理应感到自豪。

世博会选择了上海，是明智的选择。整个参观过程，能使人感受到上海人管理的人性和精细。上海当地人说，这次世博会使上海交通现代化提前了20年。每天几十万人涌入上海，但上海的交通却井然有序，没有出现大的拥堵。尽管天气炎热，上海人却为游客作了细致的安排，从饮水到喷洒凉气，从饮食到洗手间，从发放小扇子到休息椅，处处体现了细致周到。给我印象最深的是世博园的洗手间非常干净，闻不到异味。有专家说，看一个城市只要看这个城市的洗手间就可知道这个城市的管理水平和文明程度，此话不无道理。上海世博园每天几十万人进出，能把洗手间管理到如此水平，不得不敬佩上海人的管理水平。其他一些大城市的管理水平就相去甚远。

在我们自己家门口举办世博会，可以说是百年一遇，世博会再次来到中国将遥遥无期。此生能有机会亲身感受一次世博会，也是人生幸事。尽管热门场馆不能进去，哪怕是"到此一游"也心满意足。

上海街景

　　记不清到过多少次上海,一直不敢写上海,因为她太大,并且非常神奇,所以无从下笔。

　　上海发生日新月异变化是在改革开放之后。以陆家嘴为代表的浦东,形状各异的高楼大厦可与美国的华尔街媲美,世界500强大多落户上海,上海已经成为中国名副其实的金融中心。

　　从宏观上反映上海的资讯较多,让我们把镜头对准街头巷尾,去扫描一下上海的街景,即使不是一个全面的上海,但也是一个真实的上海,可能是读者更希望了解的上海。

　　2007年中秋前夕,我有幸再次来到上海,参加国资委在天目西路上海华东大酒店召开的一个会议,有机会认真地观察了一下上海的街景和风情。

　　一是"办证"的广告随处可见。风行了二十年的"办证"广告几乎污染了全国所有的大中城市,成为中国城市的一大特殊现象,上海市也不例外。我们漫步在天目西路的街上,只见街边的墙上到处可见写着歪歪扭扭的"办证"的手机号码。这一景观折射出的深层原因是造假之风全国盛行，文凭造假之风则更盛，办假文凭者在上海也大有市场。值得反思的是：数量庞大的"办证"一族竟然敢挑战政府的管理部门，竟然把精明的上海人也不放在眼里。"办证"者的手机号码赫然写在了墙上，为什么不能有效地惩处这些造假者，遏制这种危害社会的现象呢？是职责不明，是管理力量不足，还是其他原因，令我等局外之人百思不得其解。连蛛丝马迹都不会放过的公安机关，难道就治不了这些造假者，也许治理这些假广告不是他们的职责，但不知道是谁的职责？

二是报亭分布密度较高。我们漫步在天目西路的街道，关注了一下上海的报亭。据了解上海市是统一建立报亭的城市之一，由东方报刊公司统一经营，报亭样式设计统一，进货渠道规范，上海市的报亭为街道增添了一道亮丽的风景，成为不少城市仿效的榜样。我们注意到在不到300米的街道上分布着三个报亭，这一密度比北京市都高。当地的《东方早报》和外地的《南方日报》《前程无忧》等占据着报亭的黄金位置。这一现象折射出上海人文化素养较高，文化产品市场较大，到上海求职的外地人较多。我国人均报纸的消费量在世界上排位后列。上海市人均报纸消费量肯定大大高于我国其他城市。

三是流浪乞讨人员悠然自得。在我们走过的1000米左右的街道看到一位失去双脚、裸露上身的残疾乞讨人员；三位结伴在房檐下铺席而露宿街头的流浪人员；上身裸露而睡在窗台上的流浪少年。而这些人都悠然自得，享受着属于他们的生活。对这一现象可能会有多种评价。有人会说上海市对流浪乞讨人员管理不力，悠然自得的流浪乞讨人员影响了市容，有碍观瞻；而另一方面评价是，上海是一个宽容而且文明度较高的城市。我认为，对待流浪乞讨人员的态度，最能反映一个城市的宽容和文明，这些弱势群体能够在上海悠然自得地生活是上海宽容和文明的最好佐证。

　　一滴水能够折射太阳的光芒。我看到的仅是上海街头巷尾的一隅，但是真实的描述，是真实的上海。

访美见闻

　　美国是当今世界企业管理、科技研发、市场经济最发达的国家。蓝星公司创始人任建新是一位具有开放意识的企业家。早在蓝星公司成立之初的20世纪80年代就积极"走出去",在美国、日本、乌克兰、澳大利亚等国设立分公司,融入国际市场。为了迎接加入世界贸易组织,融入经济全球化,积极"走出去"做好组织准备,2000年先后组织近百名中层及以上干部分批前往美国进行为期半个月的参观考察。足迹涉及洛杉矶、纽约、华盛顿、旧金山、拉斯维加斯、夏威夷等主要城市,我们开了眼界,长了见识。记得我们还登上了著名的"双子大厦"合影留念,"9·11"使之化为灰烬,这些照片更显得尤为珍贵。

美国的汽车

——访美见闻之一

汽车数量多,质量好,价格便宜,管理先进是我们考察美国最深的印象之一。有人说,美国是汽车轮子上的国家,有人说美国的发达与汽车密切相关。汽车在改变美国人的思想观念、生活方式、工作效率和管理模式等方面发挥了重要的作用。

据介绍,美国人均拥有汽车量为全世界之首。许多城市人均拥有一辆汽车。洛杉矶市则汽车比人多,许多人一人有几辆汽车。

美国有通用、福特等著名的汽车制造公司,每年有大量的汽车投入市场。而世界各国都把美国当作销售汽车的目标市场。在美国的高速公路旁,有许多汽车行,在车行随处可见日本、德国生产的名车,并且价格非常便宜。据说,有的日本人从美国市场购买本国的小车带回国。2万美元可买一辆较好的新车。如想买二手车,1000美元以内就可以搞定。

在美国买车非常方便,一般情况下,2小时内可办完全部手续。付款方式灵活多样,除一次性付现金外,还可使用支票、信用卡。有信用者还可以分期付款,首期付款30%即可。

除大型卡车司机外,在美国驾驶汽车只是一种技能,而不是职业。小车多为无级变速,操作相对简单,年满15岁就可以考驾照。经常可以看到走路需要拐棍的老太太,小汽车却开得飞快。

美国考驾照很方便,除双休日外,随时可报名参加笔试和路考。如考试不及格,可接着补考,直到合格为止。考驾照的费用也很低,只需10多美元就可以。

美国尽管车辆很多,但管理却井然有序,十分先进。许多城市都有行人优先的规定,只要前面有行人,司机会主动停车,有礼貌地示意行人先行。我们在美国10多天,没有听到过汽车的喇叭声,因为美国人认为鸣喇叭是妨碍他人的行为,是遭人鄙视的。美国对车辆没有限期报废的规定,但对汽车的排放标准却有严格的检查。即使是新车,排放不达标,也不允许上路。美国早已规定不得使用含铅汽油,因此,尽管美国的汽车很多,但对环境的损害却很小。美国交管部门对违章者处罚非常严厉。许多城市闯一次红灯,罚款100多美元,洛杉矶市闯一次红灯则罚271美元。除了罚款之外,还要罚分。交警铁面无私,严格执法。如违章者给交警好处费私了,交警会以贿赂罪将违章者告上法庭。

美国人不以车辆档次显示身份,有的亿万富翁开着使用了几十年的老车,有些没有什么家产的低薪者却拥有豪华的新车。

因为汽车已成为美国人的代步工具,他们讨论两地的距离,通常不说多少英里,而是讲开车需要多少时间。因为汽车使距离缩短,富人区一般不在市内,而是在郊区或山区。

美国的高速公路

——访美见闻之二

美国汽车业的高度发展是以高速公路的高度发达为基础的。美国在建国后就投入了大量的人力、财力、物力修建高速公路，并且起点很高。现在美国的高速公路密如蛛网，四通八达。据介绍，美国高速公路遥遥领先于其他国家，其总里程在全世界高速公路总里程中占比较高。

中国的高速公路通常是按起止城市的名称而命名，如北京到沈阳的高速公路称为京沈高速公路。而美国的高速公路则是以数字命名的。美国的高速公路走向比较规范，总体趋势呈"井"字形。他们规定南北走向的为奇数，东西走向的为偶数。两位数以下的为国道，三位数的为州际公路。美国高速公路上的标志非常明显，司机容易识别。我们见到最宽的高速公路单向达7个车道，其规模和容量可想而知。

在美国汽车属代步工具，高速公路上来往穿梭的汽车绝大多数仅坐着司机一个人。为了提高车辆利用率，减少燃能消耗和环境污染，美国政府特别规定，载人多的车辆可以在靠左边的快车道上行驶,快车道一般不会塞车,比较通畅。只载一个人的车辆只能在慢车道上行驶,慢车道偶尔会出现塞车的情况。如果一个人驾驶的车辆驶入快车道,则属违规行为,要受到交警处罚。

美国的高速公路经过居民区,路边会设有隔音墙,以减少噪声污染,否则,美国人会将公路部门告到法院,以维护自身的权益。

美国的华人

——访美见闻之三

  美国建国的历史较短，是一个多民族国家，其中华人已成为美国的重要组成部分。

  据介绍，2000年时，在美国的华人将近200万人，主要居住在旧金山、洛杉矶和纽约等城市，其中旧金山的华人有60多万人。最初到美国的华人多为偷渡和被贩卖的劳工，后来到美国的多为文化人。华人在美国的地位与祖国的兴衰紧密相连。不论几代出生在美国，他们的黑头发，黄皮肤标志着是中国人，他们的血管里永远流淌着中华民族的血液，他们也期待着祖国的强大和发展。在洛杉矶接待我们的刘导游，每天都关注着中国的新闻，每天上车后的第一件事就是向我们播报国内新闻，使我们身在异国也能够及时了解国内的情况。

  华人在美国的地位随着祖国的强大而不断提高。不少华人以其聪明才智为美国和世界的发展做出了贡献，也为祖国争得了荣誉。在美国科技界有李政道、杨振宁等耀眼巨星；在美国政坛，有华人出任国会众议员和州长；在代表当今世界科技前沿的美国

"硅谷"也聚集了大量的华人。这次给我们印象特别深刻的是建筑界的泰斗——贝聿铭老先生,我1999年10月有幸在北京香山饭店开会,领略了贝先生的"妙笔"。这次在美国的纽约、华盛顿、旧金山、夏威夷等城市又欣赏了贝先生的"佳作"。尤其是贝先生在旧金山设计的造型独特、规模雄伟的圣玛丽教堂,经历了7.1级大地震,仍然安然无恙,深受世人称道,值得华人自豪。据介绍,现在华人在美国的形象大为改观,绝大多数华人给美国人的印象是聪明、勤劳,美国人民对华人比较友好。他们之间互相以"老中""老美"相称。

华人喜欢聚居,这样便于在异国他乡彼此交流和照应。在纽约、旧金山、华盛顿、洛杉矶、拉斯维加斯、夏威夷等城市都有"唐人街"或"中国城"。据介绍,以前到美国的游客数量日本人位居首位,现在则是中国游客最多,从中不难看出改革开放后的中国人的思想观念和经济实力的变化。中国游客的增多,客观上促进了美国面向华人的导游、餐饮、旅馆、商店、客运等相关行业的发展。我们在美国考察期间,在所到的几个城市,都到"中国城""唐人街"吃中餐;到华人商店购物;与同胞们聊天。许多同志有趣地说:"我们仿佛不像是在美国,倒像是在中国"。

美国的环境

——访美见闻之四

因为人类只有一个地球,所以环境已成为全球共同关注的重要问题。作为世界最发达国家的美国,其环境是我们这次考察的重点,美国的环境给我们留下了深刻而美好的印象。

现在的美国幅员辽阔,陆地面积930多万平方千米,比中国稍小一些。美国的纬度与中国相近,气候也比较接近。美国几乎四面环水,西临太平洋,南接墨西哥湾,东邻大西洋,北靠五大湖。其有效土地面积比中国大得多。由于风向的影响,美国西部虽临太平洋,却不属于海洋气候,而属地中海气候。西部干燥少雨,在西部形成了一个很大的沙漠。美国政府投入了大量的人力、财力治理沙漠,改造环境,并取得了显著的成效。我们从洛杉矶到拉斯维加斯的沿途看到,大片的沙漠已得到绿化,裸露的地方很少。他们不仅在沙漠中建起了规模宏大的世界名牌产品厂家直销商店,而且建立了世界闻名的大赌城——拉斯维加斯,使荒凉的沙漠变成了绿树成荫、高楼林立、车水马龙的不夜城。

美国在高速发展工业生产的同时,十分重视工业文明和环境保护。华盛顿作为美国的首都,其发展规模却一直被控制,华盛顿市的人口只有60多万。有烟工厂远离市区。美国本土主要发展无污染工业和高新技术及知识产业。对环境有污染的工业基本上已转移到了发展中国家。

美国人已养成了良好的环保意识和习惯。设计楼房要按规定留出较大比例的空地。几乎每个家庭都有自己的草坪。并且要定期修剪,如果哪家的草坪不整齐,有可能遭到邻居的投诉。在公共场所,随处可见垃圾桶。他们刻意将装脏东西的垃圾桶当作一件工艺品来设计,不仅使用方便,而且造型美观。你可以见到有的垃圾桶像花盆,有的垃圾桶像啤酒桶,与环境非常协调。

除了在纽约市街头能偶尔看到乱扔杂物、宠物小便的现象外,其他地方即使是迪士尼乐园和拉斯维加斯赌城等游乐场所也很难见到地面有纸屑、烟蒂。在环球好莱坞影城,我们留心观察了一位为小孩撕开食品盒的美国女士,只见她将撕下的纸屑习惯性地放进了自己的衣服口袋,而不是随手扔在地上。美国的污染较小,空气的透明度较高,经常可以看到蓝蓝的天,白白的云,绿绿的地。我们在美国期间,没有擦过一次皮鞋,回国时却仍然是干干净净的。以前仅是听别人介绍过美国如何干净,这次美国之行得到了证实。

美国的旅馆

——访美见闻之五

　　美国的旅游业非常发达,所以,美国的旅馆业也很发达,并很有特色。

　　美国旅馆现代化管理的程度很高,普遍实行了计算机管理。服务人员很少,房门用磁卡开启。旅馆为旅客提供早上叫醒服务,只要旅客告诉叫醒时间、房间的电话,就会准时响铃,直到把你叫醒为止。

　　旅馆一般不提供开水,但自来水可以放心地饮用。因为美国的自来水都经过安全处理,各项指标都达到饮用标准。美国人没有饮茶的生活习惯,所以开水对他们来说并不重要。有的旅馆备有咖啡壶,如想泡茶的话,可以用咖啡壶烧水。中国一般的旅馆都配备牙膏、牙刷等洗涤用品,而美国的旅馆则不配备,如果准备住美国旅馆,最好是事先备好,以免生活不便。中国旅馆的电压一般为220伏,而美国旅馆及家庭用电的电压都为110伏。据说,要大面积将电压由220伏降为110伏,这个过程涉及许多技术和经济问题,一般只在少数发达国家广泛采用,发展中国家没有得到普及。110伏的电压,对人身比较安全,旅馆基本上不存在因电伤人的事故。而有些需要使用220伏电压的电器,如手机、剃须刀等在旅馆则无法充电。美国的旅馆和饭店是分开的,旅馆一般不提供用餐,有些旅馆仅提供自助早餐。美国旅馆床比较大,没有盖被,盖的是毯子和床罩。在华人较多的城市,如洛杉矶等可以收看到中文电视台的中文节目。

美国旅馆给人的印象是干净、整洁、规范。我们住过的所有旅馆,被子的折叠都是一个样式,如同一个老师所教。

美国的商店

——访美见闻之六

　　在经济全球化的今天,商店是一个国家的窗口和缩影。世界最发达的国家美国的商店风景如何,是我们这次访美过程关注的焦点。

　　美国是世界各国争夺的市场,各个厂家和商家都想方设法将商品打入美国市场。因此,美国商店的商品种类非常丰富。世界各国的名牌产品都能在美国商店见到。美国的商店不仅品种丰富,而且质量较好。假冒伪劣商品很少。美国商人非常看重信誉,并且有先进的检验手段和严格的检验制度。我们发现美国商店里的玩具、鞋帽、纺织品大多为中国制造,这些商品主要属于来料加工,销往美国,质量很好,在中国市场难以买到。美国人开的商店,都明码标价。如果商品可以打折,则会标明打折的比例,如有的商品注明"off70％"则表明可打三折。但他们一般不讨价还价。在华人开的商店,可以讨价还价,有的商品砍价的余地还比较大。许多城市都设立了华人出国人员服务部,在该服务部购物可享受免税优惠。

美国许多商店从外面看很不起眼,有的看上去像个仓库,但里面却琳琅满目、金碧辉煌。美国商店的购物环境很好,商品摆放井然有序、造型新颖,使人有赏心悦目之感。美国人口少,商店多,看不到那种比肩接踵的拥挤场面。商店都整洁干净、一尘不染。不论走到哪家商店,服务人员都是热情接待,笑面相迎,有的还会用中文和我们打招呼,介绍商品。即使只看不买,你出门时,服务人员也会热情地跟你说:"good bye"!

美国商店的商品通行尾数定价法,多数商品的价格尾数为99美分。另外,商品的价格一般由两个部分构成,一个是商品本身的价格,另一个是税金。纳税率各州不一,一般在7%左右。购物时要看清楚,有时商品的标价中不包括税金。美国实行由消费者纳税制度,有利于从制度上防止税源流失。

美国的连锁自选商店非常发达,管理先进。有许多商店全球连锁,规模巨大。一般连锁商店的商品价格比较便宜。

美国的不谐之音

——访美见闻之七

美国作为当今头号发达国家,有许多值得我们学习和借鉴的地方。但任何事物都是一分为二的。美国也有许多不谐之音。

美国旧金山的金门大桥,可谓雄伟壮观,不仅成为沟通两岸的通道,而且成为旧金山一道亮丽的风景和著名的旅游景点。导游戏称,不到金门大桥,不算到了旧金山。然而就是这座距海面60多米的美丽的大桥,从它建成以来从桥上跳海自杀者达1300多人。十分有趣的是,大桥的设计者也是从他设计的大桥上找到了他的"归宿"。旧金山当局为了避免自杀现象的一再发生,在新千年来临的两天,不得不关闭大桥,禁止车辆和行人通行。当局还出巨资悬赏解决之策。从金门大桥跳海自杀的事件,不难看出美国这个发达国家的深层问题。

在美国的拉斯维加斯经常可以看到豪华的轿车来往穿梭,赌场里的富翁们一掷千金、挥金如土。而在华盛顿、纽约、旧金山等城市则可以看到流落街头的无家可归者向来往的行人伸手乞讨。

在纽约街头经常可见信手涂鸦和乱扔杂物的现象。据说,纽约是犯罪率较高的城市之一。因此,我们晚上都不敢单独出门,有时结伴而行时,导游告诉我们身上放上些零钱,以防不测。

尽管美国很美丽,但在美国期间,带给我们的也不都是愉快的心情,有时也会遇上挺不愉快的事情。我们有一位同志的旅行箱被弄破了,有一位同志的旅行箱被弄开了,这恐怕与美国人的野蛮装卸不无关系。在我们的想象中,美国人的办事效率高,对旅客高度负责。但在拉斯维加斯机场的经历使我们不敢恭维。这天,按计划飞机九点半起飞,坐上飞机后,却迟迟不见起飞,一直等到十一点多才离开拉斯维加斯。当时不存在天气恶劣等不可抗拒的原因,而是因为飞机自身出现了故障。旅客们不禁要问,他们为什么不事先检查;知道短时间修不好,为什么不更换飞机。对先进的美国来说,出现这种现象难以理解。由于起飞的延期,打乱了我们的计划,给我们的旅行带来了麻烦,谁碰上这种事情,心情还会愉快呢?

天伦之乐

　　人生就是一个过程，到什么山唱什么歌，到什么年龄做什么事。年轻力壮的时候当努力学习，勤奋工作把事业发展好。到了即将退休或退休之后，把身体锻炼好，把对家庭的亏欠弥补好。天伦之乐是中国人向往的传统，也是无法拒绝的至柔软的一根神经，也是人生幸福快乐之源。建华属于传统的家庭，至今一家3代6口在一套房子里居住，在一口锅里吃饭。相处融洽，尤其婆媳亲密。2010年2月和2015年11月，我们家先后迎来了小凡庆和小禹庆两个宝宝，为家庭带来了无限欢乐。小凡庆甜美可人，小禹庆阳光灿烂，两个宝宝是我们家的开心果，我们视两个宝宝为掌上明珠。两个宝宝得到了众多亲友的宠爱。

四世同堂天伦乐

2010年2月1日，我们家小凡庆诞生，让江西老家的父母高兴不已，年近八十的父母正式升级为"太级领导"。两位老人不时打来电话传达对曾孙女的牵挂。我们不时带去凡宝满月、百日、半岁的照片，我小妹红姣还将网传的照片洗出来给老人看。老人虽未与曾孙女见面，但疼爱之情日深。

父母做了较长时间的准备，终于决定来北京看曾孙女凡庆，享受四世同堂的天伦之乐。

弟弟为老人订购了东方航空公司的机票，告诉了我们父母的行程后，我们一再告诉老人，要他们轻装出发，不要多带东西。

我们家离机场很近，只有十多分钟车程。2010年10月30日，我早早做好准备，到洗车场把车洗得干干净净，提前到了首都机场2号航站楼，迎接父母的到来。

机场信息牌显示。MU5173航班计划到站时间10点20分，变更为9点57分，飞机将提前到达北京。妹妹来电话说，有一件托运行李。我很担心老人出站后取行李不方便，便与机场保安说明情况,问能否通融让我进站帮助老人取行李。保安坚持原则,不予通融。开始我有些不快,但细一想,保安坚持原则是对的,为了保障首都机场的安全,未经过安检的人员一律不得进入。

我十分无奈,只能站在出站口焦急地等待,只要有成批出站的旅客,就问是不是从南昌来的。有旅客告诉我是南昌来的,我紧紧盯住人流,期待熟悉的父母出现在我的视野。大约离前面的旅客出站十多分钟,终于看见父母步履蹒跚地来到出站口,母亲拎着两个包,父亲推着行李车。

我激动地喊着爸妈,快步迎上前去。我问爸爸,取行李不方便吧。

爸爸说:"还好,有两个年轻人很热情,帮助我取行旅,拿手推车。"

在年轻人的帮助下,我的担心化作了烟云。

一路上,妈妈告诉我:昨天晚上激动得一晚上都睡不着觉,早上5点多钟就起床。老家亲戚得知他们要来北京,纷纷送来花生米、糯米、豆腐乳、板栗、腌肉等土特产品,非要他们带来,装了几大包,还是装不下。除了手上拎了几个包外,还托运了一个大包。今天早上我弟弟、弟媳、妹妹、妹夫、表弟,开了两台车,送他们到昌北机场,办理完托运手续,一直送他们到安检口,8点20分从南昌飞往北京。

看得出,尽管老人来北京心情激动,晚上没有休息好,但他们的精神和身体状态都很好。

十多分钟后,到家见到了小凡庆,两位老人像欣赏艺术品一样,赞不绝口、喜笑颜开。

小凡庆自认骨脉,对从未见过面的两位老人没有一点陌生感,乐意老人抚摸拥抱,还不时用小手摸老太的面,做着"欢迎鼓掌""打电话"的动作,逗得老人直乐。老人说,见到了凡庆非常高兴,这是第四代人,享受到了四世同堂的快乐。

　　我们说:"你们两位老人好好保重身体,将来还要见到凡庆成家生子,见到第五代人。"老人说:"我们努力争取,恐怕到那个时候走不动了。"我们说:"只要你们坚持锻炼身体,活个一百多岁没有问题。"

　　笑声充满着家庭,这就是天伦之乐!

带凡宝游动物园

阳春三月气温升,动物园里多游人。

熊猫懒散晒太阳,猴子兴奋跳不停。

老虎四脚跶大步,天鹅单腿踏残冰。

凡宝好奇不知倦,一路提问伴笑声。

　　一个春回大地,惠风和畅的周六,我和凡宝奶奶、妈妈带她游览了北京动物园。凡宝近距离看到了真正的熊猫、猴子、老虎、大象、北极熊、天鹅、狼等动物。凡宝兴奋不已,用她在书本上学到的知识一路提问讲解,逗得我们捧腹大笑。

　　熊猫馆的几只熊猫都躺在地上晒太阳,任凭游人怎么叫唤,都岿然不动,多少有些让小朋友扫兴。

　　一些水鸟在已融化的湖水里游嬉追逐,一些天鹅收起一条腿,单腿站在未融化的冰上晒太阳,享受着春天的温暖。

　　凡宝早已熟悉一些动物的习性,参观过程中一路提问,一路解答,令我们捧腹大笑,我用相机为凡宝留下了许多可爱的瞬间。

凡宝幼儿园首周散记

上幼儿园,是当今多数小朋友上学之前的一个阶段。

3岁的凡宝,2013年4月8日开始上幼儿园了,这是凡宝人生历程中的又一个里程碑。

凡宝两岁不到,就开始了早教学习。奶奶、妈妈经常陪凡宝上早教课。我和凡宝爸爸也偶尔陪同。

凡宝由不适应,无纪律,要大人作陪到慢慢适应,胆子越来越大,表演越来越积极。早教老师根据少儿学习规律,教会了孩子们自我介绍、表演节目、文明礼貌、认识事物、手工制作等知识。早教老师大都受过幼儿专业教育,都有较强的亲和力,她们都是引导、激励孩子的高手。我在陪凡宝时观察到,早教课程安排循序渐进,老师常常蹲着或坐着与孩子交流,这是出于对孩子的尊重,处于平等对话的体位。为了奖励孩子,每次活动都会为表现好的孩子发笑脸贴纸。凡宝经常得到笑脸,回家发给我们。我们都会夸奖凡宝,凡宝会更加努力。

为凡宝选择什么样的幼儿园,我们全家做过探讨,否定了多种方案,最后选择了一所离家不太远的,有凡宝认识的小伙伴的幼儿园。

凡宝经历一年多早教学习,进步较快,表现较好,老师特别喜欢她,听说凡宝要上幼儿园了,老师们都舍不得凡宝。那天一位老师与凡宝多次拥抱,说:"我会想凡宝的。"凡宝也说:"我也会想老师的。"凡宝在早教班结识了一些小伙伴,有的家长打听到凡宝要上的幼儿园,决定到时候他们的宝宝也上那家幼儿园。

凡宝上幼儿园之前,奶奶忙活了好一阵子,到商场为凡宝定制了美羊羊图案的被子、枕头;购买了耐克牌衣服、鞋子、袜子;准备了保温水杯,生活用品一应俱全。

凡宝在上幼儿园之前,晚上10点后才睡觉,在床上要折腾好长时间才能睡着,早上睡到8点后自然醒。

因为要上幼儿园了,要求凡宝晚上早点睡,早上7点前起床,8点前到幼儿园吃早餐。

4月8日,凡宝爸爸开车,奶奶、妈妈陪同送凡宝到幼儿园。一路上,奶奶教凡宝不要哭,听老师话。凡宝表示知道,不会哭。

到了幼儿园后,爸爸、妈妈离开时,凡宝与他们挥手告别,因为有奶奶在。开始上课了,奶奶不得不离开,凡宝揪住奶奶的衣服不放,大哭不止。老师抱走凡宝后,凡宝发出了撕心裂肺的"我要奶奶、我要奶奶……"的哭喊声,几个老师帮着安慰凡宝。凡宝的哭声同样揪着奶奶的心,奶奶悄悄地观察了好长一段时间,才擦着眼泪离开了幼儿园。

下午4点,奶奶、妈妈和爸爸去接凡宝时,只见凡宝表现出又想哭又想笑的状态,两个小眼睛红肿了,大家都好不痛心。

据许多家长反映,孩子上幼儿园,离开家人时,一般都会恐惧,不适应,都会哭,他们担心家人抛弃自己,这个过程要延续一周左右。

此前,奶奶全天候陪伴凡宝,几乎不能离开她的视线,凡宝是奶奶的小尾巴,只要见不到奶奶就会大哭不止。

上幼儿园,凡宝会哭闹,早在我们的意料之中,我们希望这个过程会短一些。分别,是家长对孩子真正的爱。孩子总有离开家长的那一天。

此前,我每天午餐后会给凡宝通一次电话,凡宝上幼儿园了,无法与她通话了,只得多次与凡宝奶奶通电话,询问凡宝的情况。

凡宝第二天表现好一些,只是在离开奶奶和妈妈及午睡时哭了几声。小眼睛的肿基本上消失了。凡宝看到奶奶、妈妈、爸爸来接她,问:"爷爷为什么不来接宝宝?"奶奶说:"爷爷在市里上班,现在赶不过来接宝宝,晚上就能看到爷爷。"

凡宝第三天去幼儿园,要求妈妈不要下车,快去上班,要不宝宝会哭的。奶奶送进幼儿园,与奶奶约定,数到十,奶奶才能离开。凡宝背过脸数数向奶奶挥手告别,让奶奶离开,牙齿咬着嘴唇,抑制住了哭声。

那天,我在海淀图书城为凡宝买了12本贴纸图书,作为凡宝上幼儿园的礼物,凡宝非常喜欢这类图书。

凡宝在第四天、第五天,不再哭了,基本上适应了。

老师给予了人性化安排,安排凡宝与她的小闺蜜原宝睡在隔壁,因为她们从小是好朋友,原宝先进这家幼儿园,认识班里的小朋友,原宝对新到的凡宝给予了很多关照,使凡宝心灵得到不少安慰。老师说,她俩特别好,睡觉前两个人还窃窃私语。

凡宝在幼儿园学到了不少新知识,认识了不少新伙伴,回到家里给我们表演了学习的节目,介绍了认识的新朋友的名字。

上幼儿园后,凡宝的作息时间趋于正常,晚上睡觉时间提前了,上床很快就睡着了,早上早起了,吃饭也比以前乖多了,饭量也增大了。

幼儿园老师给凡宝首周的表现写下了如下评语:

　　亲爱的家长:

　　您好!虽然宝贝是刚刚加入我们宝宝班这个大集体,但是宝贝已经很快就适应了我们班的集体生活,上课也能认真听讲,积极回答老师的问题。还可以和小朋友非常愉快的游戏呢。老师希望你表现越来越好!

我们全家都为凡宝的表现鼓掌,凡宝用了较短的时间,适应了幼儿园的生活。

为了奖励凡宝,全家陪同凡宝游览了青年湖公园,凡宝玩得非常高兴。

有一天,凡宝说,在家里玩没有意思,明天我要上幼儿园,那里有老师和小朋友,挺好玩的。

我们都说,凡宝真是长大了,她对幼儿园不仅不拒绝,而是打心里喜欢了。

凡宝,快快长大,继续努力,快快适应幼儿园,快快适应社会。

为凡宝自己要吃带刺的鱼鼓掌

鱼是人们喜爱的食品,但鱼肉好吃刺难防。不少成年人因被鱼刺卡过,对吃鱼心有余悸。

家长对孩子吃鱼,常常会心存纠结。一方面希望孩子吃鱼,补充营养;另一方面,又担心孩子吃鱼时被刺卡到。孩子一旦被鱼刺卡倒是挺麻烦的事情。

我们家3岁的凡宝以前吃鱼时,奶奶、妈妈两道关卡严格检验,生怕鱼刺漏网伤着她。

而凡宝则是什么事情都喜欢亲自尝试、亲自实践的小朋友。

奶奶炒菜,她要争着放盐。如果我们说这盘菜是凡宝放的盐,真好吃时,凡宝就特别高兴,特别有成就感。奶奶在家拖地,凡宝也要抢着帮奶奶拖地。我在用电脑时,凡宝常常坐在我的大腿上,要打她的名字"叶凡庆",我教她打出了她的名字,她就非常开心,接着自己要打出"叶凡庆"三个字。

凡宝喜欢吃鱼,一天晚上,奶奶又做了凡宝喜欢吃的红烧鲈鱼。奶奶、妈妈在精心为凡宝挑鱼刺,喂鱼肉给凡宝吃。凡宝居然不吃奶奶、妈妈挑的鱼肉,嚷嚷着要吃带刺的鱼肉。奶奶怎样说都不行,她坚决要吃带刺的鱼肉,否则她就不吃。奶奶只得找带刺的鱼肉给凡宝吃,但非常担心凡宝卡到鱼刺。只见凡宝小嘴慢慢抿,慢慢抿,把鱼刺吐了出来,大家很高兴。我多次为凡宝鼓掌,夸奖"凡宝真棒!"

我比较赞成让宝宝吃带刺的鱼,让她自己学会吐出鱼刺,增强生存本领。

现在许多家长过分溺爱孩子,什么事都不让孩子做。孩子在坐享其成的同时,也被剥夺了锻炼的机会,其后果是非常可怕的,许多高分低能的孩子就是在这种环境下培养出来的。

本领是在实践中学到的,失去了实践,从何增长本领?

孩子在自己吃鱼时,也许会被鱼刺扎到,但在吃鱼的实践中会提高不被鱼刺扎到的本领。

人是万物之灵,相信孩子一定会在实践中不断提高本领与素质。

让我们为凡宝自己主动要求吃带刺的鱼鼓掌,凡宝真棒!

凡宝孝心可嘉

我们家凡宝,从小就心中有别人。每次吃饭,有好吃的,她都要亲自分给爸爸、妈妈、爷爷、奶奶。她的每次孝行都会得到大家的赞扬之声。

一天晚上,爸爸、妈妈带凡宝到超市购物。凡宝首先问奶奶要买什么? 然后到我的书房说:"凡宝到超市去,爷爷喜欢吃什么,凡宝给爷爷买。"

我说:"爷爷不要什么。谢谢凡宝!"

凡宝说:"不行,爷爷说,要买什么好吃的。"

无奈之下,我说:"给爷爷买个酸奶吧。"

凡宝说:"好。"

凡宝到超市选了几种酸奶。回来后,把酸奶送到我的书房说:"爷爷,这是给您买的酸奶。"

我说:"谢谢凡宝! 凡宝真乖!"凡宝高兴之情溢于言表。

孩子的孝心要从小培养,孩子的孝行要及时赞美。

小熊、小米奇失而复得

——倾注我们对凡宝的深爱和社会的诚信

由于近来工作比较忙,双休日经常开会加班,没有时间陪凡宝外出游玩。凡宝多次提出要爷爷陪她逛公园,转超市。一个双休日,我满足了凡宝的要求,和凡宝奶奶陪着凡宝逛了华联超市,凡宝自己推着小车,挑选了她喜欢的食品,还帮爷爷、奶奶、爸爸、妈妈挑选了各自喜欢的食品。每次逛超市,凡宝都会想到为家里人挑选喜欢的食品。

逛完超市,我们在华联超市楼下吃了"真功夫"套餐,凡宝非常开心。

我们家毛绒玩具挺多,凡宝却对小熊和小米奇情有独钟。她吃饭、睡觉都要带着它们。凡宝以姐姐自居,每天要给它们洗脸、喂饭、上课,自言自语跟它们有说不完的话。

一天,凡宝找不见小熊了,急得直哭鼻子。凡宝告诉我说:"爷爷,不好啦,我的小熊不见了,你赶快帮我找找它吧。"于是,我赶紧帮助寻找,终于在一堆毛绒玩具中找到了小熊,凡宝破涕而笑,紧紧地抱着小熊,生怕它再次失去。

逛华联超市的那天,凡宝临出门时,还带上小熊和小米奇。吃饭时忘不了要小熊和小米奇陪她吃,还装模作样地给小熊和小米奇喂饭、喝汤。

原来我们准备坐公交车倒地铁回家。到了下午,凡宝睡觉的时间到了,就在奶奶手上睡着了,我们就改为打车回家。我们坐在出租车后排,火辣的斜阳照进车内,直射在睡梦中凡宝的面上。为了遮阳,我将一个装有食品和玩具的塑料袋子放到了后座后台上。

晚上9点多,凡宝准备睡觉了,要找她的小熊和小米奇。这时我们才想起,下车时把袋子忘在了出租车上。

如果仅仅是食品也就不到200块钱,就懒得惊动别人。凡宝一听说小熊和小米奇不见了,就哭了起来,还哭得好伤心。

于是我们分析,如果丢在后座上,有可能被后面的乘客拿走,一个塑料袋放在后座后台上,一般不会被别人拿走,我们坐的是正规出租车,下车时要了发票,可以试着找一找,有可能找回丢失的小熊、小米奇和其他物品。

我找出了发票,儿子拨通了的票上的电话。一位值班先生受理了电话,儿子告诉了车号、起始时间地点和到达时间地点、遗失的物品等情况。

不久,出租车公司来电话,告诉我们已与该司机取得了联系,确认遗失物品还在车上,并立即安排司机送过来,我们支付一定的费用。我们非常感谢出租车公司和司机师傅。

小熊和小米奇终于失而复得,凡宝终于露出了灿烂的笑容,抱着小熊和小米奇睡了一个香甜的觉,做了一个美好的梦。

小熊和小米奇失而复得,倾注了我们对凡宝深深的爱,也体现了社会的诚信与温暖。

蛋糕应该先给谁？

一天，凡宝妈妈过生日，我们全家在燕和酒楼为她庆祝生日。

因为有蛋糕吃，凡宝异常高兴。饭还未吃完，凡宝就说要吃蛋糕。

蛋糕上桌了，凡宝为妈妈唱了《生日快乐》，和妈妈一道完成了许心愿、吹蜡烛等程序，急不可耐地想吃艳丽喷香的蛋糕。

凡宝妈妈开始分蛋糕，第一块给了我，凡宝看到第一块没有先给她，不高兴之色挂在了脸上。第二块给了凡宝奶奶，凡宝泪水在眼眶打转。凡宝妈妈说："我们家吃东西要先给长辈，再给晚辈，凡宝要学会懂礼貌。妈妈给凡宝讲过'孔融让梨'的故事，还记得吗？"

凡宝说："记得，宝宝错了。"然后自己擦干了眼泪，高高兴兴地和大家一起吃蛋糕，还调皮地将奶油涂在妈妈、奶奶脸上，凡宝妈妈的这个生日过得非常开心。

现在的独生子女都是家里的宝贝疙瘩，享受着众多人特殊的爱。一些家庭可能会对宝宝百依百顺，逐渐助长宝宝唯我独尊、心中没有他人,淡漠孝道的现象,这样不利于孩子的健康成长。我们家疼爱凡宝自不必说,但从小注重培养她仁爱、礼让、诚信、孝道等传统品德。经常给她讲历史故事,为凡宝培植健全人格、健康身心的基因。因为我们认为,人格品行比知识技能更加重要,而且要注重从小培养。

贺凡宝4岁生日

凡宝4岁生日那天,凡宝妈妈邀请了她的小伙伴来家为凡宝祝贺生日。凡宝爸爸和奶奶在家准备了小朋友和大朋友喜欢的食品。小朋友聚到一起非常开心,像一只只出笼的小鸟,欢呼雀跃、热闹非凡。他们一起吃蛋糕、抹小脸、抢玩具、大喊叫,大家玩得非得开心,9点之后才恋恋不舍地离开。

斗转星移、日月如梭。一晃,凡宝4岁了,身高超过1米了,从3岁到4岁的365天,凡宝每天都在成长进步,小脑袋中的知识在不断增长,凡宝有着较强的领导欲,不时扮演老师角色,为大人上课。教奶奶英语,教爷爷调电视频道。

这一年,凡宝偶染风寒小疾,每次都让家人牵肠挂肚。凡宝晚上睡觉不老实,喜欢在大床与小床之间来回翻滚,奶奶怕她冻着,每晚追着给她盖被子,常常睡不好觉,倾注着对孙女的一片深情。凡宝是奶奶的小尾巴,每天睁开眼睛就不能离开奶奶。如奶奶要离开一下,得要给凡宝说好多好话,并且要按时回来,否则,她会不高兴。

凡宝是我的开心果，我工作再辛苦，只要一回到家，就享受着天伦之乐，被快乐和幸福包围着。只要我一敲门，凡宝会抢着为我开门，有时会帮我把公文包提到书房。凡宝每次同爸爸妈妈去超市，都会问："爷爷要买什么？"我说："不要什么。"凡宝不同意，非要我说喜欢吃的食品。凡宝一到超市就会为我挑选燕麦片和花生米等食品。

我从2013年开始坚持练书法，除排解工作纷繁、修身养性之外，也在为教凡宝练字做准备。凡宝一到我书房，就要写毛笔字，有时我会抓着她的小手写上几个字，她特别开心。有一天，凡宝站在书房门口，我在写字没有关注到她，她在那伤心地掉眼泪。奶奶问她为什么哭？凡宝说："我想写毛笔字。"我听后，很感动，赶紧把她抱到椅子上，递给毛笔，展开纸，让凡宝涂鸦，希望凡宝能在潜移默化中喜欢书法，浸润中国传统文化。

凡宝4岁之际，以此诗记之。

凡宝经历四度春，模样越来越可人。

幼儿园里学知识，大家庭中沐温情。

五谷风寒惊人胆，三更被暖追盖身。

养儿方知父母恩，世间隔代更加亲。

我再也不吃方便面了

"就怪我不好,我再也不吃方便面了!我再也不吃方便面了!"这是凡宝马年正月初六在火车上哭着说的话。

事情的原委是这样的。

年底我们全家回江西永修老家陪老人过春节,我和凡宝奶奶带着凡宝初五晚上从南昌站乘火车回北京。初六中午火车行驶到了山东境内,火车上的稀饭馒头早餐凡宝不太爱吃,到了中午凡宝肚子饿了。她看到邻座小朋友吃方便面,勾起了她的食欲,嚷着要吃方便面。一打听,小推车上不卖方便面,餐车也没有方便面。这下急坏了我和她奶奶。我告诉凡宝,下一站到站后爷爷下去卖方便面,总算给凡宝以一丝安慰。

凡宝奶奶一再叮嘱我,火车停站时间短,一定要掌握好时间,别误了车,我说:放心吧,不会误事的。

车到山东聊城站,我赶紧下了车。下车一看,现在不是以前的景象,车站边没有叫卖的小推车,放眼望去,看不到推车和小商店,只得无果而终上了车,直接往餐车为凡宝购买午餐。

这时火车喘着粗气开动了,凡宝没有看见我回来,以为是我为买方便面耽误了上车,留在了车站。凡宝着急了,哭着对奶奶说:"我爷爷没有上车,奶奶快找服务员,叫火车赶快停车,让我爷爷上车!"接着,凡宝自责哭道:"就怪我不好,我再也不吃方便面了!我再也不吃方便面了!……"

凡宝奶奶打通了我的电话,知道我去餐车了,凡宝才停止了哭声。

我们家凡宝可爱吧?

顺义踏青

2014年3月23日，春分过后的一个周日。我多时未陪凡宝户外活动了，应凡宝之邀，同凡宝奶奶、妈妈乘坐地铁往顺义踏青购物。

京城难得空气清新、阳光明媚、暖意融融。凡宝犹如出笼的小鸟，一路蹦跳，一路欢歌。奶奶、妈妈领着凡宝在商店为她选购了一袋子夏季鞋袜衣裤。凡宝拿着送的唐老鸭、米奇气球穿梭于商场，特别开心。

中午，凡宝奶奶请客在金百万大排档品尝小吃，凡宝要了红枣稀饭、猪肉包子、黄金馒头、酸辣米粉、烤鱼片等小吃，大家吃得特开心。吃剩的馒头需要打包，我们鼓励凡宝去向叔叔要打包盒，凡宝怯生生地走出去几步后又腼腆地折了回来，要妈妈陪她一块去。我们继续鼓励她独立完成任务，于是，凡宝又壮着胆子走到服务台前找到一位叔叔说："叔叔，给我一个打包盒，我们要打包。"叔叔一见到可爱的凡宝，高兴地答应了。凡宝举起右手打着"V"字手势高兴地向我们奔来，脸上露出了大功告成的笑容，我们都鼓掌向她表示赞许,说:"凡宝真棒!"。

孩子的独立能力需要从小培养,当她完成一项任务,取得成绩时不要吝啬掌声,家长要学会说:"孩子,你真棒!"。

我在高兴之余,吟诵一首小诗记之:

春分过后景色新,花红柳绿空气清。
凡宝犹如出笼鸟,顺义踏青皆怡心。

陪同凡宝品味慢生活

有一天,凡宝说:"爷爷,我没有坐过双层公交车,我想让爷爷和奶奶陪我坐一次双层公交车。"我愉快地答应了凡宝的要求。

回想起来,年轻时因为工作繁忙,对儿子关心较少,儿子大概辗转过江西、北京、沈阳的十多个学校,我到过儿子的学校很少,家长会基本上由他妈妈参加,我仅参加过一次家长会,我是个不太称职的爸爸。对儿子的遗憾已无法弥补,只有在凡宝身上弥补了。

我关掉了电脑,放下了书本,第一次陪凡宝走进了木偶剧院,和凡宝奶奶一起陪同凡宝在小铃铛剧场观看了《两个小猎人》《蜗牛刷牙》《一个大鸡蛋》木偶短剧。美丽、热情、亲切的主持人与小朋友一起互动,将小朋友带入剧情。一个个生动的小故事将小朋友带入快乐的世界,每个短剧都蕴含着生活中的大道理。小朋友们专心致志,全神贯注,不时发出会心的微笑,鼓起热情的掌声。在场的几十位爸爸妈妈、爷爷奶奶为孩子高兴而高兴,乐在其中。

一个小时的演出结束后,凡宝对出口处的皮影剧表演产生了兴趣,并亲自操演了"武松打虎"。奶奶为凡宝购买了一套皮影剧道具回家表演。

　　看毕木偶剧,我们在北三环路登上了特8路双层公交车。上车后,凡宝直奔上层。在比较空旷的车厢内来回奔跑,我们担心她摔跤,前后护卫、不离左右。凡宝临窗远眺,问这问那。来回坐了几站地,满足了凡宝的夙愿。

　　我们问:凡宝今天开心吗?凡宝说:今天太开心,谢谢爷爷奶奶!

　　生活需要慢慢品味,与孩子在一起,自然会幸福快乐。

陪凡宝蟹池游泳

凡宝在大连旅游亲近大海后,对游泳产生了强烈的向往。一天,凡宝给爷爷微信音频,要爷爷周六教她学游泳,我欣然应允。

一个周六的上午,凡宝在爷爷、奶奶、妈妈陪同下前往附近的蟹岛海景城市水上乐园学习游泳。这里车水马龙,人声鼎沸。泳池中的主角是孩子,大人们大都为孩子而来。

凡宝早想亲水、心情激动、急不可耐。我陪她由浅入深、探水浮游。凡宝有着强烈的进取意识和较好的水感,由怕水到喜水在较短时间内完成,驾驭泳圈的能力迅速提升。

凡宝在水中戏嬉两个多小时仍不肯上岸,经过反复劝说才恋恋不舍地离开了泳池。我们承诺,今后会经常带凡宝学习游泳,为凡宝成长带来更多快乐。

有诗为证:

世间万物上善水,周六陪宝游蟹池。

由浅入深惊转喜,快乐戏嬉不思归。

凡宝与情景教育

每个家庭都重视孩子的教育,如何才能更加有效,是一个值得探讨的话题。

家庭教育的方式很多,如让孩子看读物、做游戏、讲故事、外出旅游等,都是孩子接受教育,吸取知识的渠道。我们除了践行这些常规教育方式外,重视对凡宝进行情景教育,即触景生情,见景施教,感觉效果不错。

5岁的凡宝已经掌握了不少成语,有好多成语都是通过情景教育学到的,并且记忆深刻不易忘记。比如,在吃莲藕时会出现藕丝,我们就告诉凡宝,这就叫作"藕断丝连"。凡宝就会亲自体验,吃藕时咬出藕丝并且拉得很长,这时她会特别兴奋,让我们看她咬出的藕丝。从此,她也喜欢上了爷爷的炒藕丁,到菜市场就要奶奶买藕,体验"藕断丝连"。这句成语也就在她脑海中留下了深刻的烙印。

一天晚上,我们出门散步,奶奶锁门时找不到钥匙,找了一通,后来在她自己的小手提包里找到了。我在电梯间跟凡宝说:

"你奶奶这就是'骑驴找驴'。""骑驴找驴"是一句成语,就是骑在驴背上还在找这头驴。我问,凡宝知道了"骑驴找驴"的意思吗?凡宝说,知道了。

凡宝不仅善于学习知识,而且会活学活用,常常运用她学到的知识"将大人的军"。

今年暑假期间,奶奶规定凡宝每天要写一幅毛笔字。有一天,凡宝贪玩不想写毛笔字,说:"我明天补写吧。"奶奶就跟凡宝读起了《明日歌》:"明日复明日,明日何其多……"读得凡宝不好意思,凡宝虽有点不情愿,但还是完成了当天练习书法的任务。几天后,凡宝很喜欢的一条裙子出现了脱线,她要奶奶帮她缝好。奶奶手头事多,说:"明天给你缝吧!"凡宝一本正经地跟奶奶朗诵了《明天歌》:"明日复明日,明日何其多……"凡宝以奶奶之道还治了奶奶。奶奶只得放下手中活计,立即帮凡宝缝好了裙子,乐呵呵地领教了凡宝的应变能力与智慧。

对孩子要言而有信

爱孩子是动物的天性,不仅高级动物人如此,而且低级动物也爱自己的孩子,有时为了保护孩子甚至不惜牺牲自己的生命。

人类爱护孩子不仅体现在生存、安全等低层次生理需求方面,更应当体现在精神层面。要注重为孩子筑就健康向上的文化基因,这样才能使孩子精神发育、人格健全、身心健康。

在人格的组分中,诚信是重要的元素。《中庸》认为:"诚者,天之道也;诚之者,人之道也。"一个缺少诚信的人,犹如沙滩上建高楼,地基不牢固,早晚会坍塌。

不仅对成人要讲诚信,对孩子也要讲诚信。千万不要以为孩子少不更事,可以随便糊弄。大人的一言一行都在孩子心中留下烙印。对孩子的教育犹如江河之源头,源清则清澈,源浊则流污。

中国人历来重视诚信培育。一则曾子杀猪的故事,不知教育了多少后人。这则故事说的是:

有一天,曾子的儿子在书房吵闹得厉害,影响曾子学习。曾夫人为了让儿子安静就说:"儿子不吵,妈妈杀猪做肉给你吃。"

儿子听到有肉吃果然停止了吵闹。

曾子到街上买了把杀猪刀回家。

妻子见状后问:"你为何买杀猪刀?"

曾子说:"你不是跟儿子说要杀猪做肉给他吃吗?"

妻子说:"我不过是随便一说,哄哄孩子而已,何必当真呢?"

曾子却说:"大人说话要算数,怎么能欺骗孩子呢?"

结果,曾子把家里一头半大的猪给杀了,为儿子做了肉吃,兑现了大人的承诺。

曾子言而有信的做法给我们带来深深的启迪。

大人一定要尊重孩子,不要轻易许诺,许诺了的事情一定要做到。

我们在凡宝面前尽量做到言而有信。

2015年9月13日,在北戴河吃早餐时,凡宝不好好吃饭,不断提出这样那样的要求。奶奶为了让她好好吃早餐就说,凡宝好好吃饭,回家后奶奶陪你到欧陆广场买拼图积木玩。凡宝一听说给她买早就想要的拼图积木,很快吃完了早餐。

大家一路坐车从北戴河回到北京已是傍晚,呈现出旅途疲劳之状。凡宝却为拼图积木兴奋着,到家就提出要去欧陆广场买拼图积木。

这时奶奶面有难色,就跟凡宝说:"我们坐车都很累,家里还要收拾,能不能今天不去了,过两天再去?"

凡宝一听,满脸不高兴,闷闷不乐。

我问凡宝奶奶:"早上是否答应过回家后为凡宝买拼图积木?"

凡宝奶奶说:"当时为了让她快点吃饭,是说过。"

我说:"既然许诺过,那就必须言而有信。"于是我开车和凡宝奶奶陪凡宝到欧陆广场儿童玩具店,凡宝高兴地选了一套6至7岁孩子玩的进口的戴高乐拼图积木。

凡宝具有拼图天赋,有时要我陪她玩,对我来说是"山重水复"的拼图,她却能"柳暗花明"轻易地拼好。她买回拼图积木后对照图纸将上百个零件的积木拼成了各种不同的房子和汽车,高兴之情溢于言表。

看到凡宝的高兴专注劲,我们也为之高兴。希望凡宝在诚信、幸福、快乐的环境中健康成长。

凡宝与知了

　　我们蓝星花园空间开阔,园中的广场青草如茵,绿树成荫,成为居民夏天纳凉锻炼的乐园。

　　每天晚饭后,我们全家都到广场散步赏景。这里有美妙的音乐,有翩翩起舞的舞者,有葡萄架下窃窃私语的小情侣,还有每天如期而至练习葫芦丝的音乐爱好者,更有那不知疲倦不辞辛劳枝头高歌的知了。

　　凡宝成了广场上快乐的天使,一会儿追着爷爷奶奶,一会儿要爷爷奶奶追她,将笑声洒满广场。凡宝也有撒娇的时候,不愿意走路时,就要爷爷抱着走。有一次,爷爷抱着凡宝围着广场转了5圈才肯下来。

　　凡宝对树上的知了特别感兴趣,打破沙锅追问,知了是从哪里来了,知了吃什么,知了为什么在树上叫个不停?一个又一个问号,问得我们很难将问号拉直。

　　一天,凡宝说:"爷爷,能不能给我抓一只知了,让我看看它到底长啥样,看看它的歌声从哪里唱出来的。"我答应了凡宝的要求。答应容易，做到却很难，知了不是那么容易抓到的，要么站得很高，要么很警觉。

可喜的是，有一天晚上，一只爬在树干低处的知了，被我的迅速之手抓住了。我高兴不已，终于可以使凡宝如愿以偿了。凡宝看到爷爷抓到了知了，兴高采烈地向我奔来，仔细观察知了的长相，聆听知了的歌声，高兴得手舞足蹈。

凡宝希望将知了带回家玩。我告诉凡宝："我们只能观察欣赏，不能伤害知了的生命，我们要珍爱它的生命，好吗？"

凡宝说："好。"

观察欣赏了一会，凡宝说："我们放了它吧，它叫得多可怜呀，它一定想妈妈了。"

我说："好吧，我们让它去找妈妈。"

当我松开手后，知了并没有飞走，而是在我手指上恋恋不舍地走着。我把知了放在凡宝展开的纸上，过了一会，知了才展翅而飞。凡宝看着穿过树枝远去的知了，脸上露出了满意的笑容，拍着小手为它送行。

凡宝为爷爷扎小辫

　　每晚7点是爷爷看新闻联播的时间，凡宝会帮爷爷由少儿频道转到中央一套。爷爷专注收看新闻联播，凡宝趁机在背后给爷爷扎小辫子取乐，爷爷任凡宝摆弄，凡宝把爷爷打扮得洋相百出，乐得全家开怀大笑。这就是含饴弄孙天伦之乐，幸福就在我们身边。高兴之余戏吟小诗一首：

　　　　凡宝给我扎小辫，乐得全家笑声连。
　　　　含饴弄孙平常事，幸福就在咱身边。

禹庆诞生记

与当下的一些丁克、独身观念不同,我们老家奉行"有人生万物""人丁兴旺"的传统。这种传统观念根深蒂固,世代相传。

2010年,我们家有了凡宝后特别高兴,把凡宝视作掌上明珠,尽其所能为她的快乐成长创造条件。为了让凡宝上一个较好的学校,不惜投资购买学区房。学前教育班、舞蹈班、游泳班、英语班只要她喜欢都乐意投资,只要她喜欢的玩具都会慷慨解囊,我到外地景点都会给她请个刻上名字的吉祥物。我不仅关心她的吃,还关注她拉的臭臭,电脑中保留了她上小便盆的几百张臭臭照片。凡宝在全家及众多亲朋好友的关心呵护下快乐成长,成为一个聪明漂亮即将要成为小学生的小姑娘。

我们都希望凡宝有个小弟弟或小妹妹,老家老爸这个想法尤其强烈。2013年国家实施单独二孩政策后,儿子和儿媳响应号召,落实计划。

当我们得知儿媳怀上二宝后,非常高兴,及时与老爸分享了喜悦。老爸也一改只接我们电话的常态,不时主动打来电话问好。

女人生孩子犹如过一次生死关,我们决定要找一家好医院迎接二宝出生。最终选择了位于望京望湖公园内的新世纪妇儿医院。这是一家私立医院,汇集了国内著名妇产专家,有一流的设备和周到的服务。儿媳按时建立档案,定期产检,所检指标都很正常,到了后期,二宝发育较快。儿媳怀孕期间,金凤尽力做好生活后勤服务工作,每天为儿媳准备好不同的水果,变着法做可口的饭菜。老家亲友知道儿媳怀孕,带来仔鸡等食物。到了快要临产时,医生告诉要家里按男孩准备衣物,是一个小男孩时,老家的父母,淮阳的亲家亲家母等都非常高兴。

二宝的预产期是 2015 年 11 月 10 日,医生告知,小男孩的生命力旺盛,提前几天出生属于正常。为做好迎接工作,金凤提前一个多月,购买、洗涤、翻晒好了二宝的小床、衣服、尿布等所需物品。金凤提前几天请来了老家的姐姐,叶晨安排了侄女来家帮忙,亲家母 11 月 8 日从淮阳来到北京,我也请了一周的年假,做好了所有准备迎接二宝的到来。

11 月 9 日凌晨 3 点多,儿媳开始有生产征兆。赶紧通知了医院做好接产准备。路上顺利,20 多分钟即到达医院。

我因提前几周约好了周一上午请北大纵横和中国社科院工经所项目组同志来中国化工博物馆讨论幼儿园项目,此项目由我牵头,不便缺席。周一开车上班,不料京承高速遇到特大车祸,平时四条道只乘一条道勉强通行,四千米路堵了一个多小时。当时我在想,如果送儿媳的车晚点出发被堵在路上该是何等着急啊,还是二宝有福气,通过在事故之前。

我在开会期间接到叶晨电话,二宝在9点26分生了,顺产,母子平安。我非常高兴。坚持开完了上午的会,下午才赶到医院。据介绍,他们特意请了医院助产护士长,护士长有非常丰富的助产经验,帮助儿媳生产,在她的指导下,缩短了生产的时间。

我见到二宝时,双眼闭着,不时哭闹着要喝奶,妈妈奶水管道不太通畅,每次喝不到多少,饿得直哭,医生不让喂水和别的东西。医院安排一位经验丰富的阿姨帮助护理,阿姨特别有经验,态度平和。二宝哭闹时,阿姨握着他的小手一会就不哭闹了。

老爸得到二宝出生的消息后,非常高兴,老人鼓掌欢迎,在外公外婆像前焚香祈祷。11日,还到祖宗牌位前焚香祈祷。叶敏、建岗弟陪同,用手机拍下了照片发给了我们。

二宝叫什么名字,小凡庆操了不少心,有一天,她说二宝大名叫"叶书庆",小名叫小羊吧。我们问为什么叫叶书庆?凡宝说:爷爷喜欢看书写书,又天天教我写书法。今后二宝也喜欢读书写书法,所以就叫叶书庆。我们都觉得5岁的姐姐给弟弟取的名字很有意义。凡宝写书法的时候,经常要写"叶书庆"三个字。二宝出生后,金凤说要到雍和宫找个先生看看,叫叶书庆行不行。叶凡庆的名字也是在雍和宫找先生取的。金凤到了雍和宫找了一位老先生,报了生辰八字后,说这孩子是个非常仁义、善良,有能力、有出息的孩子。叫叶书庆也可以,略显柔了些,如叫叶禹庆会更好一些。金凤与我们商量,既然先生这样说了,禹庆也挺好,大禹是帝王,大禹治水,美德流传千古。名字叫起来也上口,我也同意叫禹庆,大家都同意,那就定下来叫禹庆。

儿媳在医院的恢复和禹庆的生理指标都正常,13日(农历十月初二),一个好日子,接禹庆回家。我早上沐浴更衣,一家人八点八分出发接禹庆,办理出院手续后10点多钟到家。这一消息分别告诉了老家的老爸和弟弟妹妹们等。

凡宝对于二宝非常敏感,有一个心理适应的过程,有些思维超出了5岁孩子的思维。有人问她是喜欢弟弟还是妹妹,她有时说喜欢妹妹,有时说喜欢弟弟。有时说不管是男孩还是女孩反正都叫我姐姐。有时会问我们,有了二宝以后还会喜欢她吗?我们说永远会喜欢凡宝的。凡宝从幼儿园放学后去医院看二宝,抚摸二宝,非常高兴。当看到大家围着二宝时,她会有些失落,躲到一边偷偷落泪。对凡宝的心理变化我们一方面进行辅导,另一方面尽量照顾她的感受。凡宝有时说,我知道,你们有了二宝后,我就成为空气,不在乎我的。我们都感到惊奇,这么小的孩子怎么会用这么丰富的词语。我们理解凡宝的爱被二宝分享所带来的感受,尽量陪她玩,晚上跟她做老鹰抓小鸡、捞鱼等游戏,每晚睡觉前我和奶奶都要给凡宝荡秋千,尽量多陪她玩,陪她度过这个心理适应过程。

二宝出生,亲朋好友都非常高兴。小叔9日中午听说生了个男孩,高兴不已,跟婶子说,中午我要喝酒,替我做爷爷喝一杯,替叶晨做爸爸喝一杯,自己再喝一杯,喝得有些多,一直睡到晚上6点多。

老爸和两个弟弟都分别写诗祝贺。

可爱的禹庆

我们家禹庆已有两个多月了，是我们全家的开心果。

禹庆长得天庭饱满，地额方圆，头发黑长、眉像卧蚕、眼睛黑亮、鼻若悬胆、手脚如莲藕、身体强壮。

禹庆食量较大，妈妈的奶水满足不了他的需求，一个多月就开始补充奶粉。引起他哭的主要原因是饥饿和困了的时候。禹庆哭的声音很洪亮，比凡庆爱哭。禹庆要抱着睡觉，只要一放在床上要不了多久就会醒，醒了就会哭，屡试不爽。禹庆更多的是爱笑爱交流。一个多月的时候，只要有人逗他，就会笑出声音。两个月的时候就会主动对人笑。犹如感情之泉水欲待喷发。

禹庆有不少趣闻。据刘倩妈妈介绍，禹庆放屁的声音很响，睡梦中的禹庆会被自己的屁声惊醒，吓得双手颤抖。禹庆喝完奶后打嗝的声音也很大，有一次，我在书房听到堂屋发出好大的声响，我问是什么声音？奶奶笑着说：没有听到过吧，是禹宝打嗝的声音。

奶奶和妈妈每天晚上7点半左右给禹庆洗澡。也逐渐养成了禹庆的生物钟,时间一到,他就会闹着要洗澡。奶奶和妈妈会先在洗澡的房间开启电热器,提高室温,怕禹庆冻着。把禹庆放在床上脱衣服时,他特别高兴,手舞足蹈,发出咿咿呀呀的声音。看到禹庆像莲藕一样的手脚,我们都会逗他一会儿。开始下水的时候禹庆会有些紧张,奶奶和妈妈会先用水淋他的后背和肚子,让他慢慢适应水温。如果水温不合适,他会缩手缩脚,尽量避免与水接触。这时就会加兑热水或冷水调节水温。一般由奶奶托着脖子和腰部,妈妈洗澡。这时禹庆很乖,任人摆布都心情愉快。调皮的禹庆有时会在洗澡盆里撒尿。

叶晨爸爸对禹庆特别喜爱,经常晚上起来为禹庆泡奶粉。不时通过百度学习婴儿有关知识,培养禹庆的良好习惯。凡庆姐姐起初对禹庆分享她的爱有些情绪,后来慢慢喜欢上了弟弟。凡庆会主动抱弟弟,逗弟弟,用小车推弟弟,有时还会叮嘱我推禹庆的时候不要太快,以免弟弟受惊。禹庆偷看电视时,凡庆会用身体遮挡,不让禹庆看电视。我在家时也喜欢逗禹庆玩,在奶奶、妈妈忙不过来时,发挥一些助手和配角作用。

禹庆得到众多亲友的关心。老家的爷爷奶奶们经常寄来家乡特产为刘倩发奶。叶祥财老太经常打来电话问候禹庆,并交代我们要精心把凡庆和禹庆带好。每当他从手机上看到凡庆和禹庆的照片就特别高兴。近日还与老太通了一次视屏,看到可爱的禹庆时乐得合不拢嘴,说:"一个大头曾孙子,长得跟叶晨小时候一样,长得真好!"

禹庆被爱包围着,像一棵小树苗一样,沐浴着阳光雨露健康成长。

五个月的禹宝

时间过得真快,转眼间,禹庆五个月了。

因禹庆是老二,有了经验可供借鉴。禹庆妈妈刘倩在孕期加强了营养,奶奶想着法子为刘倩做好吃的,听说孕妇喝豆浆能使婴儿皮肤更白,奶奶经常早上起来为刘倩榨豆浆。刘倩还对宝宝进行了胎教。刘倩产检和生产时选择了较好的北京新世纪妇儿医院,得以平安顺产。禹宝长得白白胖胖、身体强壮、反应灵敏、十分可爱。

禹宝一个月后就不在尿不湿里拉臭臭,奶奶和妈妈基本上定时给禹宝把臭臭。禹宝拉臭臭时,非常用劲,两个小手抓紧拳头助力。禹宝两三个月就抬起小腿学习翻身,现在可以翻过身来。禹宝感情丰富,咿呀之声不断,犹如喷泉一样急于向外喷发。姐姐凡宝小时对电视中的广告特别关注,禹宝则对所有的电视节目都很关注,因为小朋友视觉发育不成熟,家人都不让禹宝看电视。禹宝却似乎特别喜欢看电视,稍不留神他就会看电视。抱着他的时候,我们有意让电视避开他的视线,他会执着地转过头来从另一边看,逗得大家直乐。

禹宝不甘寂寞,醒着时不太愿躺在睡床上。当有人招呼要抱他起来时,他会高兴得手舞足蹈伸出小手,抬起小脚,配合着起床。我有时逗他,哄着他起来后就放下,再拉他起来又放下,他会显出一脸无奈,不悦之情写在脸上。

禹宝特别爱笑,他的微笑十分甜美,我们都说禹宝是一个喜乐的小宝。禹宝笑的时候会小手舞动,眯缝着眼睛,张开嘴巴,伸出舌头,有时口水会流得好长。禹宝特别爱吃小手,经常把手伸进嘴,吃得津津有味。孩子吃手是习惯,因为在妈妈肚子里时,无事可做,吃手就成为他的主要乐趣与活动。这一习惯要保持很长一段时间,有的孩子长到两三岁仍然有吃手的习惯。另外孩子吃手有利于刺激大脑思维和动作协调。

禹宝的情绪也容易激动,若有不满意时会生气哭闹,瞬间眉毛拧紧像两条卧蚕,眉毛都会变红。禹宝有早起的习惯,像一只小公鸡,每天早晨5点多钟就醒来。不管爸爸妈妈是否睡意正浓,他自个开始咿呀学语,开始他新一天的学习与成长。

禹宝是我们家的开心果。我和凡宝写书法的时候,奶奶会把禹宝抱到书房看我们写字,禹宝会好奇地看我们,有时还会用小手抓毛笔。读圣贤书是禹宝三四个月后每天的必修课,我和奶奶抱着禹宝用手指着陈汉东先生送的由56句成语组成的《中华文化之歌》给他念上一段:"博大精深、源远流长、道德文章、万古流芳……"凡宝是在一岁零七个月时就能背诵56句成语,被陈汉东先生称为他最小的粉丝,最大的粉丝是101岁的周有光先生。我们希望禹宝也能早点背诵《中华文化之歌》,再次实验早教方法和规律。

　　叶晨爸爸拍下了禹宝成长照片，不时网购宝宝服装，把禹宝打扮成一个小男子汉。

　　凡宝姐姐非常喜欢弟弟，经常和弟弟交流，禹宝见到姐姐就会开心地微笑，并且啊啊地表达感情。

　　宝兰小姨与禹宝感悟甚笃，为培育禹宝付出了辛劳。禹宝只要一听到宝兰姨的声音就会循声寻找。

　　永修老家的老太叶祥财也不时通过视频看禹宝和凡宝，只要一见到这两个宝，高兴之情就会溢于言表。

　　我在工作日的中午常和禹宝视频，他从手机上看到爷爷，会向爷爷表达微笑之情和交流动作。我每次下班回家，一叫禹宝，他会高兴地微笑并发出声音表达情感。我在他的身边走动，他会目不转睛地围着我转动。

　　禹宝像雨后春笋、日长夜大。祝禹宝快乐成长！

凡宝谅解了爷爷

　　每年的"六一"是儿童的节日。今年"六一"对于我们家凡宝来说更是一个特殊的日子,是凡宝结束幼儿园生活,将要成为小学生的幼儿园毕业纪念日。

　　凡宝在此前就告诉我:她们幼儿园将在"六一"为毕业班的小朋友举行毕业仪式,组织了一台表演节目。凡宝担任了几个角色,其中有一个节目是感谢老师的诗朗诵,她和小朋友排练了挺长时间,有时凡宝回到家里还在背诵。

　　凡宝从上幼儿园到幼儿园毕业,从3岁怯生怕人的小朋友成长为6岁多的大姐姐。3年来,凡宝结识了许多小朋友,学到了许多知识,个子高了,胆子大了。凡宝天生热心肠,常常成为老师的小助手,帮助小弟弟妹妹们。凡宝深得几任老师的厚爱,其原因不仅是凡宝长得甜美,而且心态阳光、懂得礼貌、热心助人。尤其是侯老师、刘老师经常抱着凡宝认她做闺女。凡宝也非常喜欢她的幼儿园和老师们,但也不得不说再见。成长、分离是自然规律。

　　凡宝与爷爷感情深厚,非常希望爷爷能参加她们的幼儿园毕业典礼,但爷爷无法满足凡宝的期待。因为爷爷"六一"那天,不仅白天工作繁忙,而且晚上要去国务院第二招待所采访一位名叫孙钧的90岁的老院士。对孙钧院士的采访源于我要对原化学工业部副总工程师、全国化工系统劳动模范、国防化工事业的功臣、已经逝世近30年的孙铭女士的先进事迹的深入采访。孙钧院士是孙铭的大哥,想通过此次采访了解孙铭优秀背后的家世背景、姊妹亲情、生活故事。孙钧院士虽年届九十,却仍然活跃在结构力学、桥梁隧道的教学和工程建设一线,日程表总是安排得很满。这次孙钧院士专程从上海来到北京参加全国"科技三会"(全国科技创新、两院院士、中国科协第九次代表大会)。几个月前就通过孙铭的儿媳李玲约好孙钧院士会议期间抽空接受采访。当遇到事业与亲情发生冲突时,建华习惯性地选择了事业与诚信。

那晚的采访从8点一直进行到9点半,建华回到家时将近11点,凡宝早就进入了梦乡,爷爷只能亲吻梦中的凡宝。

第二天,我问凡宝:"爷爷没有参加宝宝的毕业典礼还生爷爷的气吗?"

凡宝本真地说:"有点生气。"

我跟凡宝说:"爷爷晚上去采访了一个非常了不起的老太爷。他90多岁了还在为国家工作,做了许多大事,他们一家6姊妹都非常了不起,我们要向他们学习。爷爷希望凡宝长大了也当科学家成为院士,为国家做大事。"

凡宝说:"好,我懂了,不生爷爷的气了!我们的毕业典礼妈妈录了视频,爷爷看视频就可以了。"

凡宝终于谅解、理解了爷爷。

几代人的自行车情缘

2016年6月4日上午，我在家看书，妻子金凤打来电话，让我带活动扳手下楼，帮凡宝卸掉自行车的辅轮。

凡宝的这辆20寸童车是今年购买的，后主轮旁边有两个辅轮，用以保持小朋友骑车安全。这辆童车属于名牌价格不菲。

凡宝骑了几个月，可以骑行自如。当她看到小伙伴们卸掉了辅轮时，她也不甘落后。卸掉辅轮意味着凡宝长大了，可以不要依靠骑得更快。

教凡宝骑车的光荣任务交给了爷爷我，扶着凡宝转了一圈又一圈。几十圈跑下来大有腰酸背痛之感，当小朋友自行车教练是一项责任重大、身体劳累的活计。

静下来之后，许多有关自行车的往事浮现在脑际并且不断清晰。我们家几代人的自行车情缘，折射出时代的变化。

我的祖父辈基本上与自行车无缘，他们只是看见过自行车，而没有骑过自行车。

留存在我最早记忆中的是父亲的那辆自行车。那时父亲在县城工作，家在虬津叶家。单位配有自行车，父亲休假时骑自行车回家。那辆自行车很轻，据说车架是合金的，比普通碳钢要轻便许多。那时我年龄小，只看过而没有骑过父亲的那辆自行车。

我学骑自行车时大概在十五六岁，有个亲戚骑了辆自行车到我家做客，在征得同意后，几个小伙伴便推出去学了起来。刚学骑车时少不了摔跤，但摔跤的疼痛早已被好奇心和兴奋感所征服，尤其学得半生不熟的时候像抽鸦片一样上瘾，见到自行车就想骑。由于条件所限，学会骑自行车经历了挺长时间。

自己拥有第一辆自行车是20岁以后。那时的自行车可是家里的大件。姑娘谈婆家提出的"三转一响"（自行车、缝纫机、手表、收音机）就包括一辆自行车。

我国当时自行车的名牌产品有"永久""飞鸽""凤凰"。自行车品牌也成为当时社会的热词。比如说姑娘嫁给本村小伙子，就叫"永久牌"，而嫁到外村就叫"飞鸽牌"。

骑自行车技术在当时是衡量真爷们儿的一项重要指标，许多单位把车技列入运动项目。星火化工厂每年都要举行职工运动会，其中有一项自行车慢赛项目。即在100米的跑道上，以最后到达者为胜。要想夺得自行车慢赛冠军需要掌握人骑在自行车上车轮长时间原地不动的技巧，星火化工厂可谓人才济济、藏龙卧虎，要夺取冠军实属不易。记得我叔叔珍宝多次荣获过这个项目的冠军，得益于他每天骑自行车10多千米和精于练习。

我的车技比不上珍宝叔叔，但也不错。我们经常表演不停车捡地上硬币，骑一辆带一辆自行车，跳着上车下车等项目，乐此不疲。

现在迎娶新娘是一批小轿车,那时迎娶新娘是一队自行车。我还应邀骑自行车载过几个新娘,车技不佳者是不会获得如此重任的。

爱人金凤家住在离星火厂 10 多千米的燕坊乡官家村,岳母去世得早,我们节假日经常会去看望岳父和内弟,自行车就成了主要交通工具。有了儿子叶晨之后,一辆自行车不仅要载 3 个人,而且旁边还要带上重量不轻的物品在乡间小路上骑行。金凤自称坐自行车技术超一流,怀中抱着孩子,上车轻盈平稳。

现在的交通工具早已被小轿车取代,但我的那辆永久牌自行车永久留存在了我的记忆深处。这辆自行车为我们家立下了汗马功劳,与我们一家有着深厚感情。我们搬家后,那辆自行车送给了表弟继续使用。

儿子叶晨两三岁时有了一辆三轮车,骑得非常娴熟。不仅能顺着骑,而且能倒着骑。有时故意骑到陡坡上吓唬他妈妈。叶晨在参加星火化工厂幼儿园六一儿童节骑车比赛时得过冠军。叶晨学会骑自行车是来北京之后,教练是他妈妈。叶晨的车技不错,后来在沈阳大姨家上中学时,练就了冰天雪地骑自行车的本领。

凡宝出生后,得到了众多亲友的宠爱。一岁多就开始接触多种式样的车。我们笑称:凡宝的车可以组成一个"小车班"。我们经常陪凡宝外出骑车,凡宝好胜心强,平衡能力好,因此,学得快,车技也挺好。

通过我们一家几代人的自行车情缘，可以看出时代的烙印、社会的进步和人的发展。

祝愿凡宝在人生路上顺利平稳！

背着凡宝散步

　　2016年6月1日,凡宝幼儿园毕业,再有3个月,凡宝就要成为一名小学生了。凡宝个子蹿得挺高,在同龄孩子中属于中等,但因为不好好吃饭,长得稍显娇瘦。我们担心,凡宝成为小学生后能否背得起沉重的书包?

　　我们全家对凡宝的情况进行了综合分析,找到了产生问题的根源,启动了凡宝健身强体计划。凡宝不好好吃饭的主要原因是身体活动量不足,针对性的措施是限制她看 iPad 和电视的时间,增加室外身体锻炼的时间。

　　这段时间,我和她奶奶每天陪凡宝到楼下骑车、散步。晚上散步时,凡宝并不满足于一般的匀速运动,喜欢跑步追爷爷,要奶奶追她。为了满足凡宝的要求,我们也乐意重拾童心、满场奔跑、相互追逐,有时累得我们汗流浃背、气喘吁吁。

　　一天晚上,我们陪凡宝在花园跑了半个多小时,凡宝不想玩了要回家,我们说运动时间还不够,再走一阵子。凡宝便撒起娇来,提出要爷爷背着走几圈才肯自己走。

我欣然答应了凡宝的要求，背着凡宝负重走了几圈，她才从爷爷背上下来接着走。

　　我不禁想起明朝时江西才子解缙小时候对对子的故事。一次，解缙父亲带他去考秀才，解缙年少身材矮小，考场门口人多，解缙父亲让他骑在自己的脖子上进入考场，主考官看见状，便吟"为父作马"嘲之，解缙即以"望子成龙"对之。令主考官拍手称绝、刮目相看。主考官此前只听说有个神童解缙好文才，这次得到了实证。

　　建华有感而戏吟："为爷作马，望孙成凤"，虽有东施效颦之嫌，却是隔代真爱之情。

不要得那么多第一名

凡宝生性争胜好强,喜欢自己动手体验。

乘电梯时,她喜欢亲自按电梯,别人按了要取消,由她来按。

看到我练习书法,她也要练。看到我添加墨汁,她嚷着要让她来加。

我帮别人写春联,她也要写,并且欲望强烈,我说等我写完了你再写,如等的时间久了她会着急。一次,我们参观老家书法展,主办方领导要我写几个字,凡宝也争着要写,当着很多人的面,她不急不慢用小手操起大笔写下了几个大字,赢得了大家鼓励的掌声。

凡宝除幼儿园学习之外,还上了舞蹈、英语、游泳等补习班,小朋友的时间安排得较满。我担心小朋友受累,劝她不要参加那么多班,凡宝却不同意,因为这些补习班的课程都是她喜欢的。我也就不再多说什么,只要小朋友感兴趣就好,兴趣是最好的老师。

凡宝上的英语补习班,她在班上年龄算小的,大多是一二年级的哥哥姐姐。凡宝人小志不小,学习非常努力,经常得第一名。

一个双休日的下午,我悄悄地去了凡宝的英语补习班,默默地观摩了凡宝上课。我看到平时娇柔的凡宝,回答老师提问时,争先恐后、积极抢答。每当老师给她加分时,她高兴之情溢于言表。

英语补习班老师注重奖励时效性,每节课规定了考评规则,及时激励,正确回答问题就得到加分,每堂课排出名次,并对前几名同学奖励小奖品。

凡宝如果得了第一名,一进门就会兴高采烈地报喜,如果没有得到第一名就情绪低落。

我则告诉凡宝,没必要得那么多第一名,把机会让一些给同学们,不要太在意名次,只要自己学懂了学会了就行。

希望凡宝放下包袱,不再为名次而增压力,添烦恼。

分配好爱

　　我们每个人都生活在社会中,充当着多种角色,处理着各种人际关系。要想营造一个和谐的人际关系,需要分配好爱。

　　所谓爱,就是我们给予他人的一种温暖、关心、帮助、付出,给他人的爱并不仅仅体现在金钱上,可以细微到一个微笑、一个拥抱、一句赞美。

　　我们家凡宝对于弟弟禹宝的接纳和喜爱有一个较长的心理适应过程。因为在只有凡宝的时候全家人的爱都聚焦在她的身上,可谓是"千宠万爱聚一身",当有了弟弟禹宝后自然要分享她的爱。禹宝刚出生时,凡宝很不习惯,看到大人们关注禹宝时,她有时会有情绪,甚至说:不要禹宝,把禹宝送给老家叶祥财老太。

　　我们全家都高度关注凡宝的心理适应期,尽量多关爱凡宝给她更多的爱,让凡宝感觉到有了禹宝后家人并不是不再爱她。后来,凡宝慢慢喜欢上了弟弟,一有机会就逗弟弟玩,有时还抱抱弟弟。弟弟听到姐姐的声音就循声而找,见到姐姐就手舞足蹈笑容满面。当我们逗凡宝说:不要弟弟,把他送给老家叶祥财老太时,凡宝是强烈反对。

禹宝特别可爱,是我们全家的开心果。禹宝使我体味到了含饴弄孙的快乐。我每天下班都会抱抱禹宝,抱他到书房读"圣贤书"(即由中国成语研究会副理事长陈汉东先生撰写的由56句成语组成的《中华文化之歌》匾额)。时间一长,禹宝一听到读圣贤书,眼睛就会往匾额上看,露出专注的神情。我在午餐后,一般都会与禹宝视频一会,禹宝从视频中看到爷爷会表达出高兴之情。

一天下班回家,看到凡宝在跟禹宝玩,当我伸手欲抱禹宝时,凡宝拥在了我的怀抱,说:"爷爷抱抱我!"我赶紧抱起了凡宝,在屋子里转了两圈。有挺长时间没有抱凡宝了,凡宝长大了,今年9月就要成为小学生了。

顿时,我感到了自己的失误,理解了凡宝的心情,凡宝也需要家人的关爱、亲昵和拥抱。我说:抱了大宝,再抱二宝可以吗?凡宝说:可以。

此后,我会更加关注凡宝的心理感受,回家后先抱大宝,再抱二宝,分配好对孙辈的爱。

由此想来,我们对孩子要分配好爱,对大人老人也是一样,只不过爱的表达方式不同罢了。